聽不見的小孩

林羽穗◎著
Lin Chuie◎封面設計

一出生就有先天性聽力障礙的安琪，在有記憶以來就一直戴著助聽器。
媽媽總對她說，這是天使才會有的裝備。
但隨著年齡的增長，安琪發現自己和其他小孩不同的地方，
為什麼別人都可以藉由「說話」來表現自己，
而她說出來的話總是讓人聽不懂，甚至還有人以異樣的眼光看她？
自此之後，安琪臉上漸漸失去了笑容，慢慢將內心封閉起來……

人物介紹

陳安琪

患有先天聽力障礙的安琪，是個惹人憐愛的小女孩，媽媽總說她是來自於天堂的小天使。喜歡畫畫的她比起手語，更常以繪畫的方式與人溝通。但逐漸長大的安琪終於發現她不能說話的事實，便鬱鬱寡歡，盡是畫一些灰暗又沒有色彩的圖畫，直到遇到志工國偉後，才漸漸找回自我、重拾笑容。

林國偉

年輕充滿熱血的青年志工，是個二十歲的大學生。心地善良的他，第一次看到安琪就被她那特有的性格吸引住，暗自決定要幫助這個自我封閉的小女孩。於是，他藉由畫畫和手語與安琪聊天溝通，讓安琪卸下心防，重新認識這世界。

王靜雯

安琪的母親，三十三歲，是個善良溫柔的女子。安琪的聽力障礙一直讓她覺得對女兒有虧欠，對安琪更是疼愛有加。在安琪處於灰色地帶的時期，是她最無助的時候，便把所有的錯都歸咎到自己身上。

陳邦為

安琪的父親，三十五歲，中規中矩的公務員，對於女兒缺陷不像妻子那麼悲觀，他始終認爲未來一定有一條路可以給女兒走。而支持他這個想法的第一個人就是林國偉。

魏家宇

魏家宇是個十歲的調皮小男孩，住在安琪家隔壁的鄰居，常常有意無意嘲笑安琪，以言語中傷她，讓安琪很受傷。

江美惠

安琪班上的級任老師，對學生個個都愛護有加，常常把學生的事當成自己的事一樣重要。

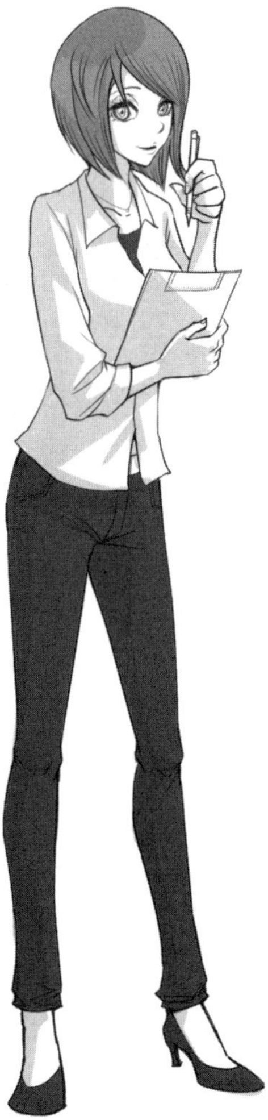

郭美美

安琪在一、二年級的好朋友，兩人常常一起畫畫、談心，但這學期美美全家人都移民到國外，爲的就是治療她的耳朵，讓安琪覺得很傷心。

目次

01.
妳是我的小天使

明亮又潤澤的月亮高掛在漆黑的天空上，周圍襯托著一顆顆閃亮的星星，這是一個寧靜的夜晚。

初秋，帶著微微的涼意，涼爽的風輕輕的吹撫我的頭髮，我閉上眼睛，恣意的享受這種舒服自在的感覺。

於是，我走向窗台，仰望著一望無際的天空，沉澱心靈。

就在此時，我赫然驚覺月亮突然發出一道強烈又刺眼的光芒，隨後一條長長的天梯便從月亮的底端出現，宛如能夠通往那神聖的境地一樣。

剎時間，我看到一位美麗的女子，身後襯著一雙潔白的翅膀。

「哇！她一定就是天使吧！」我在心中默默想著。

遠遠的，我看到她手上抱著一個物體，卻看不清楚是什麼。

直到她終於輕輕的飄到我面前，我終於明白她爲何要用雙手緊緊護著胸口。

那張細緻雪白的臉蛋，雙頰紅潤有光澤，她靜靜的依偎在天使的臂膀上，安穩的睡著。

「她好漂亮……」我在心裡驚嘆著。

我抬起頭，訝異的看著眼前美麗的天使，並望向她抱在手中的小傢伙。

「嗨！小寶貝，妳好嗎？」

我溫柔的看著這個熟睡的小寶貝說，不知道爲什麼，看見她我似乎比看見天使還要開心，還要興奮。

天使小心翼翼的將手中的孩子捧在我面前說：「從今天開始，請妳將這個小天使好好撫養長大！」

「啊……妳說我嗎？」我驚訝的問道。

「沒錯，只有妳才可以勝任這艱鉅的任務！」天使說。

「妳怎麼確定我可以？」我再次顯露出我的疑惑問道。

天使笑而不答，繼續說：「她耳朵上的助聽器是她身爲天使的證明，不要輕易把它拿下來。」

說完，便把這個小寶貝輕柔的交給我。

「不要忘了，要好好保護她唷！」天使再次提醒著我。

我用點頭來取代任何的隻字片語，然後低下頭，對著懷裡的孩子微笑。此時無聲勝有聲，於是，天使便靜悄悄的離開，留下我和這個可愛的小寶貝。

「哈囉，妳好！」我輕聲的說。

熟睡的妳，用一抹淺淺的微笑來回應我。

「妳是天使給我的禮物，是個可愛的小天使，現在開始我就叫妳安琪囉！」我緩緩的說。

從今天起，陳安琪正式在這個世界上誕生了。

這是我最喜歡的床邊故事，百聽不厭。

媽媽總是說，這是陳安琪來到這個世界的原因，屬於陳安琪的故事，我也始終這麼相信著。

「安琪，該睡覺囉！」媽媽走到我面前，以手勢和我溝通。

「可是人家還想繼續看電視！」我強硬的比劃著。

「不行！現在已經很晚了！」媽媽也堅持的回應。

我露出無辜的表情看著媽媽，這個方法一直是最有效的。

「拜託——安琪，別再用那種表情看我了！」媽媽無可奈何的說。

「再一下下就好了！拜託——」我雙手合十的拜託媽媽。

「下不爲例。」

媽媽假裝面帶嚴肅看著我，然後在旁邊坐下來陪我一起看。

事實上，我一直是個很乖巧又聽話的孩子，只不過今天電視上的這部電影真的太吸引人了，因爲它在講有關「天使」的傳說。

傳說，最早的天使因爲調皮不懂得分寸，常常因爲無知而濫用能力，所以天神讓之後的天使，一出生就只有一片翅膀，無法再自由自在的翺翔。

大多數天使的翅膀都生長在左翼，只有少數天使的翅膀生長在右翼。因此，左翼天使不時討好右翼天使，爲了讓自己能夠再一次得到飛翔的自由。

看到這裡，我不禁捫心自問：「那我是屬於哪一類的天使呢？」媽媽總說我

是她的小天使，是最可愛最純潔的天使。她說我耳朵上的助聽器，是天使的「識別證」，因爲我是「天使」所以才有資格配戴助聽器。

我從小就一直堅信著這個故事，但最近卻開始漸漸產生懷疑。會不會，我就像那只有左邊翅膀的天使，一直在等擁有右邊翅膀的天使來拯救我，讓我可以聽得到這個世界的聲音。

媽媽在旁邊似乎看出我的心事，於是走到我面前，溫柔的看著我。

「小天使，妳怎麼啦？」媽媽問。

「沒事啊！哇——媽咪妳看外面好像下雨了。」我故意轉移話題。

「有事要說出來喔！不要悶在心裡，媽媽會擔心耶！」媽媽以擔憂的眼光看著我。

我搖搖頭笑了笑。

「媽咪——那人家可不可以再聽妳說一次安琪天使降臨的故事！」我撒嬌的對媽媽眨眨眼睛。

「當然囉，那有什麼問題！」她笑笑的牽起我的手。

「ＹＡ！」我比出勝利的手勢。

媽媽對我眨眨眼睛，輕輕的替我蓋上被子，然後坐在床邊，並整理了一下我的長頭髮。

「要開始囉！」媽媽帶著活力說。

於是，睜著疲憊的雙眼，看著媽媽比手畫腳的說起那個我最喜歡的故事：「安琪的誕生。」

不知不覺中，我漸漸進入了夢鄉。模模糊糊中，夢境中的我是一個小天使，在暴風雨中飛翔，一直遊蕩在海與空之間。

這時，我才發現，原來我只剩下左邊的翅膀，難怪有種不踏實的感覺。

「糟了！」我還來不及驚訝怎麼會聽到自己發出的聲音時，一陣強風吹來，硬生生把我拖進無盡的黑暗中。說時遲、那時快，一隻強而有力的手抓住我的手腕，帶我飛到一座附近的燈塔。

他長得眉清目秀，鼻子尖挺，用他那雙清澈的眼睛看著我。

「你是誰？」我問。

「妳的朋友。」他輕輕的說。

我別過頭，發現他的翅膀竟然是在右邊。

突然，他用力的折下他的翅膀，發出「卡擦」的聲音。

我嚇了一大跳：「啊！你在做什麼啊！」

他走到我的背後，將那支翅膀裝在我背後那空蕩的角落。

「安琪，從此以後，妳就可以自由自在的飛翔了！」他微笑著對我說。

說完，他便跳入暴風雨中，消失在黑暗裡。

「喂！你回來啊！」

「啊！」我尖叫出聲，睜開眼睛，看見天花板上的夜燈。

「好奇怪，怎麼會作這種夢呢？」我在心裡暗自嘀咕。

「咦！爲什麼在夢中我可以聽得到自己說話的聲音？」我終於發現這個夢最不尋常的地方了。

爸爸媽媽聽到了尖叫的聲音，快步從隔壁房間跑過來。

在黑暗中，我看到爸爸的嘴形：「寶貝，發生什麼事了嗎？」

媽媽走到床邊緊緊的抱住我：「真的把我們嚇死了！」

「偶……摩四啦！」爲了讓他們安心，我發出了口齒不清的聲音。

「我去替安琪泡一杯熱牛奶！」媽媽應該是這麼說的。於是，爸爸將我抱入懷中，輕輕的拍著我的背，似乎是在說：「不用害怕了，爸爸會一直陪著妳。」

於是，我再次閉上眼睛，思索著剛才的夢境。

雖然說以前也作過惡夢，但這個夢好真實，而且我也才剛知道有關天使這部分的傳說，怎麼會這麼快就來到夢中？

「無論怎樣，還好這一切都是夢。」我安慰著自己，直到睡意來襲，再次進入夢鄉。

一早下樓，爸爸就面帶微笑著以眼睛示意的看著我：「早安呀！小天使。」他溫柔的比劃著。

今天是星期日，是一星期中我最喜歡的一天，因爲可以悠閒的和爸媽相處一整天，更開心的是，可以安靜的畫一整天的畫。

荷包蛋、火腿、還有烤吐司的香味，相信今天一定又可以度過一個愉快的早晨，可以掃去昨晚那個詭異的惡夢。

「哈囉！小天使，請問妳的荷包蛋要加蕃茄醬還是鹽巴呢？」媽媽走過來俏皮的說。

「那個好了！」我手指著紅色的蕃茄醬。

「那有什麼問題！」媽媽淘氣的嘟嘴看著。

然後，媽媽將剛煎好的荷包蛋與火腿分別放進我和爸爸的盤子裡，我們不約而同的說：「謝謝媽媽！」

這就是我可愛的家，疼愛我的父母，把我當作小天使的父母。

再過不久，還會有另外一個小天使降臨到我們家，聽說是個小妹妹，媽媽打算叫她「安好」。現在大家都在等待她的誕生，我也是非常期待的，但也有少許說不出的矛盾。

吃完早餐後，我坐在餐桌上，拿起蠟筆在圖畫紙上塗鴉，把昨晚的夢境畫出來。

白色的圖畫紙上，有兩個小天使，一個是我，一個是昨天那個男孩。

「我一直都相信童話的存在。」我一邊畫一邊想著。

畫中的兩個小天使，牽著手，站在一起，對稱的兩邊翅膀變得好明顯，變成一對大翅膀。

「爲什麼你只讓我翺翔？卻不和我一起闖蕩？」我疑惑的看著我畫出的那張潔靜的臉龐。

「My Angel！」媽媽不知道什麼時候坐到我旁邊。

「妳嚇到我了啦！討厭。」我故作生氣吐吐舌頭。

「原來天使也會被嚇到喔？」媽媽若無其事的用手指著我。

我笑出來了，開懷的笑出聲了。

在一旁的爸爸眼睛也彎成一道橋，就這樣，全家人一起笑了。

如果我是天使，那爸爸媽媽一定就是守護天使的天使，那是最高境界，也是任何人都無法取代的。

02.
白色翅膀

「親愛的陳安琪小朋友！」媽媽用力的搖著我沉重的身體。

「不要每次一到星期一就賴床唷！今天是妳升四年級的第一天耶！」我不情願的睜開眼睛，看到那張假裝嚴肅的臉。

「嗯……好吧！」我睡眼惺忪的揉揉眼睛。拖著蹣跚的步伐走向洗手間：「不知道今天有什麼好玩的課？希望有美術課，那就可以畫畫了。」

當牙膏在口中散發薄荷香氣的時候，我才慢慢的打起精神，告訴自己新學期新開始，一定要微笑的度過每一天。

「偶粗飽了喔！」我滿嘴塞著食物對父母說。

媽媽嘆了口氣說：「誰叫妳要賴床，不然就不用吃那麼急了！」

我嘟著嘴，撒嬌的看著爸爸。

「別再唸她了，安琪走吧！爸爸載妳去學校！」爸爸對我說。

「嗯！」我用力的點點頭。

於是，我和爸爸走出門，走到花園旁的車庫，並向媽媽揮揮手。

上車後，爸爸立刻握著我的手說：「安琪，妳是不是不想去上學啊？」我的心頭震了一下，但還是勉強擠出一個微笑：「沒……有啦。怎麼可能勒？」不自然的樣子，立刻就被爸爸看了出來。

爸爸無奈的放開我的手，比出鼓勵的手勢說：「寶貝，加油！」

「爸比——人家又沒怎樣！」我搥搥胸口保證，裝出若無其事的樣子。

「親愛的，不要害怕，即使搬家了好朋友還是好朋友啊！」爸爸溫柔的看著我。

「天啊……我心裡在擔心什麼、害怕什麼爸爸真的都知道耶……」

郭美美，是我在班上最要好的朋友，我們一起手牽手放學、一起聊天、一起畫畫。我們一樣是聽障者，不過她的情況比我好一些，能聽到的聲音比較清楚，一個月前他們全家移民美國治療她的耳朵了。

我不知所措的樣子全被爸爸看在眼裡：「別怕！爸爸一直都在！」

這句話就像一劑強心針一樣，瞬間讓我的眼淚差點掉下來，但也恢復了一點點信心。

於是，我伸出手和爸爸打勾勾：「我會加油的！爸比不要擔心安琪唷！」我用眼神這麼說著，相信他一定明白我的意思。

班上大多數同學，都是聽障者。差別在於能聽到聲音的多寡而已，像我可以說是幾乎聽不到任何聲音。因此，課堂上幾乎所有老師都是使用手語教學，鮮少會看到老師開口說話。

「陳安琪！」新的級任老師用手語比出我的名字。

「又！」我勇敢的發出聲音。

「這個女老師好漂亮，好像天使。」我驚嘆著，接著就想到媽媽說的故事「安琪的誕生」，裡面那個帶我到人世間的天使。

老師對全班同學說：「安琪好棒唷!敢說話回應老師耶！」

隨即，四周的同學全都把焦點投注在我身上，然後用力的拍手。我的臉馬上變成了一顆紅蘋果，頭都低了下去。雖然有點害羞，但心裡還很開心。

「這算是一個好的開始吧！」我這麼安慰著自己。

點完名後，我開始東張西望，迫切希望能看到我的好朋友美美，即使知道不可能，卻還是會期待。

當我的思緒逐漸開始混亂的時候，老師走到我面前，輕輕的拍拍我的頭，告訴我：「數學課上完就是美術課囉！等等就可以畫畫了，有沒有開心一點？」

「奇怪，新的老師怎麼知道我愛畫圖？」我納悶著。

老師對我眨了眨眼睛，故作神祕，引起我的好奇心。

然後，老師慢慢的走回講台，開始自我介紹。

「江美惠。」跟美美名字一樣有「美」這個字，難怪長得那麼漂亮。

當我好不容易回過神來的時候，看到同學們紛紛離開位子，才知道第一堂課就這麼結束了。我一個人坐在位子上發呆，望著窗外遠處的高山，心想：「要是美美在這裡就好了。」

上課鈴響起後，我還是持續著放空狀態，腦筋完全無法和外界連結。

雖然早上爸爸給我打氣過了，但我滿腦子依然都是和美美一起畫畫聊天時開心的影像。

「原來想念就是這麼回事。」我恍然大悟。

終於，兩堂沉悶的數學課結束了。

走進熟悉的美術教室後，感覺好像又活過來了一樣。

「哈囉！各位同學！暑假過得愉快嗎？」美術老師熱情的和同學們打招呼。

老師接著繼續說：「還記得暑假前要你們做的作業嗎？」看著周遭的同學，幾乎每個都開大嘴驚訝的樣子，就知道他們一定都忘記了，不過我倒是記得很清楚。美術老師要我們畫一張暑假時父母帶我們出去遊玩的紀念畫。

看來只有少數幾個同學記得。我從書包裡拿出那幅色彩鮮豔的圖畫，那是七月份我們全家去九族文化村欣賞花海時，我當下創作出來的畫。

「哇！安琪最乖了。」美術老師王麗華將我的作品呈現在全班同學面前。

「很美對不對？」王老師肯定的對我笑一笑。

這是今天第二次被誇獎，就算美美沒有陪在我身邊好像也沒那麼糟。

「好了，沒有交的同學下個星期上課之前要補交唷！」王老師提醒著。

「現在我們言歸正傳！」

我興奮的看著老師在黑板上慢慢寫出的文字。

「題目：自訂。」

「這是什麼意思啊？爲什麼不畫最喜歡的明星？」身旁的同學們開始議論紛紛。

王老師用力的拍拍手，對大家說：「畫出你們現在想的東西！」

大家全部都一臉疑惑的看著老師。老師繼續解釋：「你們最喜歡什麼？最想要的東西是什麼？每天都在想的東西又是什麼？」

旁邊的同學拍拍我的肩膀對我說：「妳不覺得這個題目太抽象了嗎？」

我回答：「一點也不！」

然後，便拿起蠟筆，輕輕的在圖畫紙上塗鴉。很快的，我就像個不食人間煙

火的流浪者，活在自己的世界裡。

只有繪畫，也永遠只有它，能夠讓我卸下心防。不知不覺間，一個擁有厚實白色翅膀的小天使，就呈現在我眼前。

「哇賽！安琪妳真的太有天份了！」王老師驚訝的看著我。

我有點難爲情的低下頭，因爲老師拿著我剛完成的作品給全班同學看。

「真的好漂亮、好可愛唷！」台下的同學議論紛紛。

「爲什麼天使要像我們一樣戴助聽器啊？」幾個男同學正在熱烈討論著。

看到自己的畫被班上的老師和同學們喜愛，真的感到無比的喜悅。

畫中是一位小天使，她是個女孩。白皙的臉蛋，帶著一點紅暈的臉頰，襯托著微捲的長頭髮，而身後是一雙厚實且潔白的翅膀，坐在青綠的草地上，頭頂上有一顆火紅的太陽。而這個小天使，最特別的就是她兩邊耳朵都有掛助聽器，其實她就是：「陳安琪。」

「這是安琪的第一幅自畫像唷！」王老師微微笑的對我說。

「真的嗎？安琪妳是在畫自己唷？」坐在第一排的同學問。

「嗯……也許吧！」我有點尷尬的回應著。

也許，上天真的可憐我一出生就聽不見，所以才讓我擁有這項才華，可以畫出自己的「心」。

「好啦！大家再次給安琪拍拍手！」王老師對全班說。

看著台下幾乎每位同學都用力的拍著手，想必那個聲音一定非常響亮，可惜我只聽得到很些微的聲音。於是，老師將我畫的作品，打了九十五分，是全班最高的分數，還把它貼在教室的牆壁上，供大家觀賞。很快又到了一天的尾聲，我向爸媽道過晚安後，走進房間，看著窗外黑暗的天空和閃爍的星星。

「今晚一定可以做一個好夢。」我在心裡對自己說。

不知不覺，我想起那個之前在惡夢中的那個小天使。

「他……應該還好吧！」

「不管了，我怎麼會爲了一個不存在的人擔心呢？」我疑惑著。

「還是趕緊睡覺吧！明天要上課。」

然後，我打了一個大大的呵欠，爬到床上進入安穩的夢鄉。

朦朦朧朧之中，我又看到了那張熟悉的臉龐。

「嘿！你是誰？」夢裡的我正緊緊跟隨著他的背影。

那人終於停下腳步，回過頭來說：「我就是妳的天使！」

「錯不了，他就是那個把翅膀讓給我的人哪！」我心裡驚訝的想。

他突如其來的說：「我得走了，但別忘了，我會一直守護著妳！」

「喂！你等等呀！至少跟我說你的名字吧！」我在他身後喊叫著。

「再見了！」他背對著我，向我揮揮手。

「喂！」我再次叫住他。

不過這次他沒有回應，只是自顧自的走，直到消失在我眼前。

03.
爲什麼只有我不行

隔天，我起了一個大早，爲自己沖了一杯熱牛奶。

看著外頭晴朗的天空心裡想：「今天一定又是美好的一天。」

「哇——安琪妳那麼早起呀！」媽媽走到旁邊，順一順我的長髮，同時又摸摸肚子跟肚子裡的妹妹說早安。

「對呀！今天天氣真好，好想出去玩唷！」我撒嬌的對媽媽說。

「哈哈！媽媽要先去準備早餐了，我跟妹妹都好餓喔！妳想吃什麼呢？」媽媽問。

我歪頭想了一下：「荷包蛋加蕃茄醬！」

「妳唷！不是昨天才吃過嗎？」媽媽無奈的笑了。

然後我拿起抹布，走到飯廳幫忙擦桌子，媽媽就到廚房準備愛心早餐。

當我正認真的將桌子上的污垢去除時，突然聽見身旁的窗戶「咖」了一聲。

「嘿！早安啊！地獄怪客！」隔壁鄰居魏家宇帶著輕蔑的眼神看著我，看他那張挑釁的嘴臉，就算聽不到也知道他在說什麼。

我不理會他，繼續擦桌子。

沒想到他更誇張，拿起地上兩片枯葉掛在他的耳朵上：「妳這個妖怪——奇怪的小孩！」

我裝作若無其事，不把他的捉弄放在心上。

「呿！真無趣！」魏家宇自討沒趣的離開了，臨走之前還不忘要給我一個鬼臉。

可是，每次被他一捉弄完，或多或少，我的心情就會變得很低落。

擦完桌子以後，我到客廳去坐在沙發上打開電視，看著報新聞的主播，雙唇不停的變化、相碰，不禁感到鼻酸：「爲什麼只有我不行？」

我重重的放下餐具，留下沒咬幾口的培根和荷包蛋，以手語告訴爸媽：「我吃飽了。」

「安琪妳根本就沒有吃啊！」爸爸用有點指責的動作告訴我。

「是不是發生什麼事了？」媽媽問。

我沉默不語，只是拖著沉重腳步到樓上房間拿書包。

上樓時，我從眼角餘光看到爸媽似乎很擔心，並討論我的狀況，但偏偏我一個字都聽不到，無法熱切感受到他們的關愛。

走進房間後，我嘆了口氣，也爲自己這樣的舉動感到自責，可是想到剛剛發生的事，卻又忍不住想要怨天尤人，難道聽不見就應該被看不起、被嘲笑嗎？憑什麼這樣把我當笑話看？

昨天在學校的快樂心情，現在都煙消雲散了，我不知道該怎麼做才可以再次打起精神來。

我一下樓，媽媽就走到我面前說：「關於那個魏家宇，他只是個小孩子，媽媽會去找他的父母溝通，妳就別跟他計較了。」

我有點惱怒的表示：「每次總說會告訴他父母，但是有用嗎？他還不是一而再、再而三的把嘲笑我當成樂趣？」

坐在沙發上的爸爸，立刻走到我面前，握住我的手：「安琪，我們不要跟那

種人生氣，爲什麼要那麼在意旁人的眼光？」

我用力的甩開爸爸的手：「我今天我想自己走路去學校，不想再說了……」

於是，我抓起腳邊的書包，拖著重重的腳步，離開現場。

「爸媽一定覺得我任性吧！」我心想。

不過總覺得再繼續說下去，也得不到什麼好的解決方法，乾脆先冷靜一下會比較好。

我家這附近，是一整排的透天洋房，道路十分寬敞，一早可以看到許多在散步、遛狗、慢跑做運動的人。

看著週遭的人、事、物，只是感覺越來越不是滋味。

「喔——圓圓，妳吃慢一點啦！冰淇淋都滴到衣服上了，妳再這樣下次都不給妳吃囉！」一位年輕媽媽說。

「媽咪對不起，我會小心啦！可是下次還是要讓我吃冰淇淋好嗎？」小妹妹說。

這是一對母女的對話。

「你說我們今天去看電影好不好？」男孩說。

「當然好啊！那我們約六點在公園門口見唷！」女孩說。

這是情侶之間的對話。

「早安！」甲伯伯說。

「你也早啊！」乙伯伯回應著。

這是陌生人之間的對話。

那樣稀鬆平常，人與人之間的溝通之道，是那麼輕而易舉。可是對我來說，要在外人面前說一句「你好」，都要鼓起好大的勇氣。可是誰又看到了這一面，誰又知道陳安琪也是很勇敢的啊！

大家想要什麼都可以直接用嘴巴說出來，爲什麼只有我不行？

「小女孩，小心！」

當我回過神來，發現自己被一位陌生的男子抱住倒在路邊，路中央還有一台

倒在地上的摩托車，機車騎士也坐在路邊一副驚魂未定的樣子。

「妳到底有沒有在看路啊！這樣很危險妳知道嗎？」男子一臉怒氣看著我，我猜他是在說這樣的話吧！

我淚眼汪汪的看著他。

「妳叫什麼名字，爸爸媽媽在哪裡？」他看我這個樣子，臉部表情就稍微和緩了，但我現在還是只能猜測他在說什麼。

於是，我用手語比了「謝謝」就站起身來離開了。

留下目瞪口呆的他，他一直到這個時候才知道我是個聽障者吧！

我繼續無神的向前走，終於到了學校，到座位上後才發現手臂在流血，好心的同學趕緊帶我到保健室擦藥。

「安琪怎麼了？傷口還在流血得趕快處理才行！」護士阿姨緊張的看著我。

「要忍耐一下唷！擦雙氧水會有點痛！」

「嗯！」我冷淡的回答。

雙氧水擦到傷口上後，發出嘶嘶嘶的聲音，白色的泡泡也不斷冒出，我感到一陣刺痛，可是再怎麼痛，都比不上內心的那道傷口。

「小女孩，拜託下次小心一點！以後留個疤可就不好看了！」護士阿姨提醒著。

我點點頭回答：「謝謝阿姨！」

然後與同學回到教室準備上課。

「各位同學，現在老師發下去的講義大家先看一下，等一下要抽問唷！」江老師一排一排的發下手中那疊紙。

「偉人的故事——愛迪生。」標題應該是這麼寫著。

「這個學期的閱讀選修，每堂課一開始，老師就會發講義下去給同學看，內容都是有關那些有名的偉人的一生。」江老師和全班同學解釋著。

有許多同學都皺起眉頭，一副很痛苦的樣子。

「八成又是要藉由偉人來鼓勵我們奮發向上，可是又有什麼用？我就不相信

愛迪生也和我一樣聽不到！」我自怨自艾的想著。

「請各位同學認真的閱讀，等一下老師要問問題喔！」江老師提醒著大家。

看著這張講義，白紙黑字，字字分明，可惜我一點都沒有心情讀它，只覺得每個文字都好沉重，看得眼睛好吃力。

原來，心情的轉變起伏可以那麼大，二十四小時以前，我記得我被老師誇獎敢勇敢說話回應她，可是現在我卻連說「又」的動力都沒有。

「時間到！」江老師走向每個同學的位子，一個一個的敲敲桌子告訴大家。

同學們抬起頭，有的面無表情，有的愁眉苦臉。

「好……老師要開始問問題囉！」江老師故意露出淘氣的表情，讓班上加了一層緊張的氣氛。

於是，江老師走到講桌前，拿起藏在下面的籤桶：「我們就用抽籤決定誰是第一位幸運兒。」

「十三號！十三號是誰呢？」

當我回過神來的時候，才發現江老師已經站在我面前笑嘻嘻的看著我。

「安琪，在想男朋友嗎?妳是十三號對吧？」江老師對我說。

我難爲情的笑了笑，然後自動的站起來，但老師叫我坐著就可以了。

「第一個問題，請問陳安琪同學，愛迪生的發明最重要的是什麼啊？」江老師問。我抓了抓頭髮，完全答不出來，因爲那張講義我根本一個字都沒有看。

「老師對不起，我不知道耶！」我對老師這麼表示。

「答案很簡單，妳要不要再看看講義啊！」江老師提醒，鼓勵我不要放棄。

我只看到旁邊的同學，一直指著天花板，不知道想告訴我什麼。

糾結了好一會兒之後，始終還是找不到答案。

江老師嘆了口氣，離開我座位旁邊，對其他同學說：「有人知道答案嗎？」只見周圍的同學們，幾乎每個人都用力的舉起手，搶著要回答，因爲答對了就可以領一張好寶寶卡。

「是電燈！」坐在第一排的男生，自信的回答了問題。

「很好，就是電燈！」江老師誇獎著那位男同學。

我仔細的盯著講義看，第一句話寫著：「愛迪生是個偉大的人，我們日常生活中不可缺少的『電燈』就是他發明的。」

「天呀……答案就在第一句話裡面，我竟然看了半天都沒有找到……」突然我覺得面紅耳赤、無地自容。

好不容易，下課時間到了，大家都跑到外面搶盪鞦韆、上廁所。

這時，江老師走到我前面的位子坐下來關心我：「安琪，妳還好嗎？」

「老師，對不起。」我爲自己剛才的不專心道歉。

「一進教室就看妳沒什麼精神，昨天晚上沒睡好嗎？」江老師憂心的說。

「嗯……應該是吧！最近總是失眠。」我回了一個一聽就知道是在說謊的答案。

老師摸摸我的額頭：「安琪還是要笑笑的比較可愛唷！還有晚上記得要早一點睡覺，上課才有精神。」

「好，謝謝老師！」我向老師道謝。

然後，老師站起來，逐漸離開我的視線，但我卻發現我的眼睛逐漸模糊了。

「爲什麼只有我不行？」

「爲什麼我講出來的話，大家總是聽不清楚，我一直都很努力在學啊！」

「爲什麼帶助聽器就是地獄怪客？」

「爲什麼比手語要被取笑？」

「爲什麼老天爺要讓我聽不到？」

一連串的爲什麼在我心中發酵，但我又能怎樣？

到頭來我還是想問把我送進人間的天使：「爲什麼要讓我聽不見？」

04.
啞巴

「咳咳咳……」一大早起床我感覺頭很暈，喉嚨癢癢的。

「咳咳咳咳咳……」但還是持續的咳個不停。

於是，我快速的走下樓，到廚房倒一杯溫開水來喝。

「安琪，妳怎麼在咳嗽啊？」媽媽在我身邊拍了拍我的背。

我轉過身來，難爲情的看著媽媽：「糟糕！應該是感冒了。」

「妳等等，媽媽去拿體溫計唷！」媽媽一臉緊張的到房間去。

「會不會太倒楣了啊……果然都沒有好事發生。」我心想。

「心情已經糟成這樣，現在還感冒，這就是人家所謂的『禍不單行』嗎？」我調侃著自己。

媽媽從房間裡面衝出來，拿著溫度計要我把嘴巴張開。

「三十八點五度。」媽媽強調的用手指比出數字。

「一定是因爲昨天被子沒有蓋好啦……」我向媽媽解釋著。

媽媽的眼神中略帶責備：「最近天氣變化大，要好好照顧身體啊！燒得那麼

嚴重，這樣媽媽會心疼耶！」

「嗯！」我的喉嚨已經開始慢慢腫起來了，連吞口水都覺得痛，而且手臂覺得很痠，好累好累。

「媽咪覺得妳今天還是別去上課好了！一會兒就替妳打電話到學校請假。」媽媽說。

看著媽媽頂著大肚子爲我東奔西走的，心裡有無限的感慨，突然覺得自己只是個會找麻煩的臭小孩而已。拖著疲憊的身體和亂糟糟的心情回到房間，大力的倒在床上。

「唉……真是令人討厭。」望著窗外陰陰的天氣，心情似乎更糟了。即使知道自己根本不用去在意魏家宇說的任何一句話，可是卻老是被他影響，每次看到他那樣嘲笑、那張嘴臉，好不容易累積下來的自信心就會一瞬間消失殆盡。

我坐起身來，轉一轉昏沉沉的頭，感覺這個世界好像也很公平，一天讓我開心，一天讓我悲傷。

「呵呵……我還真是會自嘲啊！」

無聲的眼淚從臉頰滑落，一條條淚痕烙印在我臉龐上。

「爲什麼那個天使現在還不出現？要是他在這邊，一定有辦法可以拯救我讓我不要再那麼傷心難過。」我開始打從心裡思念那個不存在的男孩。

媽媽不知在什麼時候在我的床邊放了熱牛奶和烤吐司，可惜我一點胃口都沒有。

終於，大雨霎時落下。

「不曉得雨的聲音是什麼？連這種一般人覺得平常到不行的聲音，我也都聽不見，唉……」我的心情開始變得更加沉重了。

隨著眼睛流出的淚水，與窗外的雨水，層層交雜，不知不覺中，我似乎又看見了那個男孩。

「嘿！安琪，怎麼愁眉苦臉的呢？」他問。

「你怎麼到這個時候才出現？」我反過來問他。

「只有在妳需要我的時候，我才會出現！」他回答。

我賭氣不說話，只是靜靜的看著他的眼睛。

他繼續說：「知道嗎？我跟妳一樣，耳朵上面都裝有一個裝備！」

他將耳朵旁的鬢髮掀開，露出了助聽器。

「只有真正的天使、善良的天使才配擁有助聽器唷！」他笑咪咪的說。

「你怎麼和我媽咪說一樣的故事？一直以來我都很相信，可是最近卻開始疑惑，懷疑你們是不是爲了讓我好過些才編故事騙人……」我難過的說。

他走到我面前，輕輕的撫摸我的臉頰說：「傻瓜，千萬不要有這樣的想法知道嗎？」

「再過不久，我們家就會加入一個新的成員，是很開心沒有錯，可是心裡還是好害怕爸媽會被她搶走，從此就再也沒有人關心我了。」我終於將內心深處最害怕的事情說出來了。

「這妳大可放心，沒有一個父母會拋棄自己的孩子的。」他安慰我說。

「真希望你能夠永遠在我身邊。」我任性的表示。

他突然哈哈大笑，指著我身後說：「看看你後面那對厚實潔白的翅膀，妳忘記有一邊原本就是我的嗎？」

他接著說：「當妳在飛翔的時候別忘了，我也跟著妳一起翺翔唷！」

說完，他便無聲無息的消失了。

我還來不及回過神來，看看四周，這才發現，原來我一直都在家裡的客廳。

「喂，你別走啊！不要每次都突如其來的消失好嗎？喂！」我大喊著。

我睜開雙眼，眼前呈現的依然是房間上方的天花板。

「又忘了問他叫什麼名字了。」

「爲什麼只要夢到他，我都能像個正常人一樣聽的見聲音，輕鬆溝通？」

當我正納悶這些問題的時候，赫然發現窗外出現了一道彩虹。

「哇！好漂亮唷！」我驚嘆著。

於是我抓起身旁一件小外套，走下樓到庭院去，媽媽應該是出去買東西了。

紅、橙、黃、綠、藍、靛、紫，彩虹永遠都是那麼繽紛，看著看著心情也逐漸平復起來，雨過天青。

「那個男孩一定是我的幸運星。」我的直覺這樣告訴我。

慢慢的，天空上的彩虹逐漸消失了，心中有著萬般的不捨。

「也許，快樂就像彩虹一樣，很快就會消失。」心中頓時突然出現了這樣的感覺。

「唉……不用再這樣感慨了啦！咳咳咳……」一陣風吹過，我趕緊拉起外套上的領子，免得感冒又加重。

「咳咳咳……」

「真是糟糕，一定是那陣風，害我現在咳個不停！」

「咳咳咳……咳咳……」我雖然不停的咳嗽，但還是不想進到屋子裡去。

我搓搓雙手，摸摸喉嚨，讓自己舒服一些。

我走到人行道旁的樹下坐著休息，深呼吸，感受大樹的芬多精，咳嗽才總算停止。

「不知道現在班上同學都在做什麼？」

我好奇的想著，然後看看手錶：「兩點半，嗯！現在應該是自然課，還好今天沒有美術課，要不然就太可惜了！」

「哎呀！」

「剛剛那道彩虹那麼漂亮，我竟然忘記把它畫下來！我到底在幹嘛！」我真的是後悔萬分，怎麼會錯過這個機會呢！

正當我正準備起身回家時，魏家宇又突然出現在我面前。

他那一臉藐視的表情，真的令人好不舒服。

「哈哈哈！原來妳咳嗽也有聲音啊！怎麼那麼厲害。」他一邊笑一邊模仿我咳嗽的樣子。

「無聊！」我用手語告訴他。

「嘿！我目前正在學手語唷！」他同樣以手語回應我。

我嚇了一跳，心裡想：「完蛋了，天曉得他以後又要怎麼捉弄我！」

這時，突然有個人騎著腳踏車往我的方向硬生生的撞了過來，一個不留神，我就這樣摔倒在人行道上。

在一旁的魏家宇，不但不關心我的安危，反而在旁邊笑得更誇張了。

「哈哈哈哈哈——第一次看到那麼蠢的人啦！真是笑死我了！」魏家宇捧著肚子笑得很理所當然的樣子，聽不到也知道他會說出什麼傷人的話。

我忍住眼淚，吹一吹膝蓋上的傷口，站起身來只想趕快回家。

「喂！妳別走啊！我還沒說完耶！」魏家宇仍然緊緊的跟在我旁邊。

我真的覺得快要爆炸了，好想對這個臭小子破口大罵，但又怕話一說出口又要忍受他更不合情理的嘲笑。

正當我想要反擊的時候，他搶先了一步，跑到我面前說了那兩個我最忌諱的字眼：「啞巴。」

瞬間，我似乎與這個世界抽離了，沒有任何的感覺，只能僵硬的站在原地。

「妳幹嘛不理我啊！妳這個啞巴！」魏家宇仍舊得理不饒人的說著。

看我沒有反應，他更變本加厲的用手語比出：「啞巴。」

「家宇，你在做什麼？」魏家宇的媽媽適時的出現，才終於止住他的捉弄。

「媽咪不是告訴過你，不要再嘲笑安琪了嗎？還不趕快跟人家道歉！」魏媽

媽似乎以十分嚴厲的口氣這麼對魏家宇說。

「不要！」魏家宇張大著嘴回答著。

「你這孩子，怎麼可以這麼沒有禮貌呢？」魏媽媽繼續責怪家宇。

但他好像一點反省的樣子也沒有，反倒還對我用力的吐了舌頭。

「啪！」魏媽媽用力的打了家宇的屁股，大聲到連我都聽得見一點點聲音，或許是錯覺、又或許是離我很近，但我真的聽到了。

「媽咪幹嘛打我啦！」魏家宇哭著在路邊耍賴。

「安琪，真的對不起。」魏媽媽一直頻頻對我彎腰點頭，賠不是。

「對不起。」在她把魏家宇帶回家前，還用手語再對我道歉一次。

雖然我真的很想說沒關係，可是卻怎麼樣都說不出口。

看著魏家宇的背影，真的有種很想衝過去毒打他一頓的衝動，我完全不知道自己是招誰惹誰，怎麼會和這麼討厭又沒禮貌的小孩當鄰居。

此時，天空出現了一道閃電，雨滴快速的落了下來。

我帶著複雜的心情淋著雨走回家，沿途還不時想著那兩個字：「啞巴。」

「安琪妳怎麼在這？」媽媽撐著傘，捧著大肚子從對街跑過來。

「哎呀！妳怎麼全身都溼透了，感冒還這樣到處跑怎麼會好呢？」媽媽心疼的看著我。

我也不曉得自己是怎麼回到家的，衣服怎麼換的、頭髮怎麼乾的，我一點印象都沒有，只是呆愣愣的坐在沙發上拿著熱可可。

「安琪……」媽媽走到我面前蹲下，應該是想問剛剛發生的事，但我還是兩眼無神的樣子，不久她便走開了。

我的心中依然迴盪著那兩個字：「啞巴。」

05. 灰色翅膀

「從今天開始，我絕對不會再講半句話，再也不要發出任何聲音了。」當天晚上，我在日記上寫下這幾行字。

現在是淩晨三點，從我坐在書桌前準備睡覺到現在，已經過了五個小時了。這段時間，我除了發呆還是發呆，腦海中仍然是那兩個字，停止不下來。

「反正話說出來還不是被取笑，乾脆以後都不要說好了！」寫好了日記，我便重重的闔上本子，倒到床上。

想想開學才不過幾天，爲何心境轉變會那麼大，第一天明明是很開心的啊！

「這全部都是魏家宇害的！不……一切都是我聽不見才會這樣被嘲弄。」我的心情從怪罪別人到責怪自己。

這時，家裡的電燈突然全部都亮了起來，只見爸爸匆匆忙忙的跑下客廳，又慌慌張張的衝上來。

我下意識的立即衝出房間，站在媽媽房門口，看到她很痛苦的捧著肚子，額頭還不停冒冷汗。

爸爸轉過頭，發現我站在門外，便緊張的走到我面前說：「安琪，媽咪快要生了！爸比必須趕快帶她到醫院去，妳一個人乖乖在家可以吧？」

我點點頭。

於是，爸爸便攙扶著四肢已經癱軟的媽媽，一步步的走下樓。

我從窗戶看見車頭燈亮起，急速發動，然後離開庭院。

此時我的心情五味雜陳：「妹妹要出生了，以後我就不是這個家裡面唯一的小天使了。」

沒有任何睡意的我，走到客廳前的小茶几下，拿起那幾本已經泛黃的相簿出來看，一看到還是嬰兒就戴著助聽器的自己，就有說不出的心酸。

一張照片抓住了我的視線，那應該是兩三歲時的我，和爸媽在兒童樂園拍的全家福，照片中的我們笑得好開心，彷彿沒有任何人可以帶走我們的快樂一樣。

「很快的……以後照片裡就不是只有我們三個人了……」

「不過，還是希望妹妹可以一切健康，能夠代替我聆聽這個世界。」我雙手

合十，虔誠的向上帝祈禱。

但不到一分鐘，我卻又放下手，心想說：「還是和我一樣一起聽不見好了！以後就多一個人陪我，被嘲笑的也不會再只有我了。」

整個夜晚，反反覆覆的情緒持續控制著我的心情，無法安眠。

不久後，天就亮了。

刺眼的陽光從窗簾裡漸漸散發出來，讓我睜不開眼睛。

我掀開窗簾，赫然看見一個人從對街的人行道走過來，在那一瞬間，我還以爲他就是我夢中的那個男孩。

「安琪，妳怎麼站在窗戶旁邊？」爸爸一臉疲倦的說。

我還來不及回答，爸爸就立刻說：「媽媽生了一個好可愛的妹妹唷！以後就有人可以陪妳作伴了！」

「妹妹的臉白白嫩嫩的，臉頰紅紅的像蘋果一樣，跟安琪小的時候一模一樣唷！」爸爸依然在說妹妹的事情。

我只是笑笑的站在一旁，沒什麼特別的反應。

「那……吃早餐了嗎？爸爸去準備早餐給妳吃唷！」說完，他便興沖沖走進廚房，完全沒有發現我的臉色已經不一樣了。

看到爸爸春風滿面的樣子，心裡真不是滋味，難道妹妹安好一出生我馬上就要失寵了？

「我吃飽了。」我故意重重的放下筷子表達我的不滿，但爸爸似乎一點都沒有察覺到。

「走吧！爸比現在帶妳去上學！」他走到庭院發車，示意準備好就出門。

「等等還要去醫院看媽媽她們，今天要向公司請假了。」

「安琪，今天放學和爸爸一起去看媽咪跟妹妹好嗎？」爸爸愉快的說。

我依舊安靜沉默不語，也不想回應任何話。

當看到校門口時，我轉過身問爸爸說：「妹妹她聽得見，對吧？」

爸爸露出錯愕的表情：「嗯……安琪，妳怎麼會問爸爸這個問題？」

我不回答，便馬上將門打開，以最快的速度下車。

「陳安琪！」江老師開始點名。

我只是輕輕的舉起手，沒有發出聲音來回應她。

「安琪今天很沒精神唷！是不是感冒太嚴重還沒好呀？」江老師關心的問。

我用點頭來回應老師的關心。

江老師也沒說什麼，只是告訴全班同學，最近天氣變化大，要大家好好照顧自己，不要感冒了，然後就繼續點名。

「爸爸現在心中已經沒有我了……他滿腦子都是妹妹，連我感冒有沒有好一點都不過問……」委屈的思緒不停的在腦中漫延。

「咳咳咳……」

我又開始無止盡的咳嗽，咳到江老師趕緊叫同學把我帶到保健室休息，下一堂課再回來。

躺在保健室的床上，我覺得越來越難受。

魏家宇無理的嘲弄，爸媽根本沒有看在眼裡，他們眼中只有妹妹而已；這次我生病那麼嚴重，爲什麼對我不聞不問、漠不關心。

眼淚不爭氣的流下來，把枕頭都弄得濕答答的。

「原來，聽不聽得到的差別就在這，我一出生就讓爸媽擔心難過，而安好聽力健全，難怪爸爸說起她都眉開眼笑的……」就這樣，我的心情始終沒有機會平復。

保健室阿姨掀開床邊的布簾說：「小朋友，妳很不舒服嗎？」

我這才發現，我哭泣的聲音竟然已經傳到外面了，自己卻渾然不知。

「這次的流行性感冒很嚴重，要過好一陣子才會痊癒，叫爸爸媽媽要好好照顧妳唷！」阿姨替我倒了一杯溫開水，一邊幫我擦眼淚，一邊說。

「好啦！下次不舒服要趕快跟阿姨說，不要傻傻的在棉被裡哭喔！」阿姨拍拍我的肩膀後，便拉上布簾。

我好想要宣洩情緒讓阿姨知道，告訴她我好委屈，告訴她我好想聽到這個世界的聲音。

從來來往往的影子發覺，我知道現在已經下課了。我坐起身來，向阿姨道謝以後，便自己一個人走回教室。

「安琪，妳快要把老師嚇死了！有沒有去看醫生啊？」江老師擔心的說。

「謝謝老師，我已經好多了。」

「那就好囉！」江老師開心的說。

我揉揉眼睛，努力讓自己打起精神來。

回到座位上後，發現桌上放了一張畫，那是前幾天美術課我那張九十五分的作品。

我翻到背面，看到美術老師的評語是：「畫中富有生命力，想像力無窮，極品佳作。九十五分。」

「如果美美在這裡，她一定會替我感到非常高興。」我不由自主的懷念起那位被遺忘好久的好朋友。

「會不會她過得很好，已經把我忘記了呢？」

「唉……可能吧！就像爸媽有了妹妹就把我放在一邊一樣……」不平衡的想法還是在我腦袋裡，揮之不去。

我跟美美說好，以後每個月都要通一次信，保持聯絡。

不過，現在離她到國外的時間都已經過了一個月了，卻遲遲不見郵差將我日日夜夜盼望的信送到我手中。

「你們都一樣。有了新的就忘記舊的。」

「反正，我只是一個啞巴。」這種恐怖的想法，悄悄的在我心裡滋生。

下午，上的是我最討厭的自然課。

今天的主題是「糖」。

「冰糖和方糖其實是一樣的，各位小朋友知道嗎？」江老師一臉神祕的對全班同學說。

看著四周的同學個個驚訝的樣子我覺得很無聊，我一點都提不起勁來。

「有沒有同學知道唯一不一樣的地方在哪裡啊？」江老師興致勃勃的問班上同學們。

班上鴉雀無聲，似乎沒有人知道答案。

老師看大家都沒有反應，就說：「不一樣的地方就是，外觀！」

所有同學都一副恍然大悟的樣子，懊惱自己怎麼都沒有想到。

江老師繼續說：「所以，兩種糖的本質是一樣的，今天你們如果要泡糖水，無論是用冰糖還是方糖，結果都會是一樣的喔！」

「同學還有沒有問題呀？」老師問。

「沒有！」只見大伙兒俏皮的搖頭晃腦。

「那麼今天的課程就到這邊結束囉！請大家回家記得要複習功課唷！」江老師提醒著大家。

時間一到，大家自動起立，向老師道謝後就到走廊上集合排隊準備放學。

「這是什麼時候的新規定，我怎麼都不曉得？」我心想。

「喔！應該就是昨天我請假的時候吧！」

不久，隊伍排好，老師一個手勢下來，大家便向她揮揮手，陸續走出校門。

我漫無目的的走著，遠遠的就看見爸爸的車停在校門口，心想：「安好一出生就馬上向公司請假，平常還不是讓我自己走路回家。」

爸爸一看到我，便朝我的方向揮揮手：「安琪，這邊！」

「走吧！我們一起去醫院看媽媽和妹妹。」果然，我一上車爸爸就說了這句話。

「安琪，就算有了妹妹，爸比媽咪還是會一樣疼妳的！」爸爸看我悶悶不樂的樣子，趕緊對我這麼說。

我若無其事的假裝沒看見，故意看著車窗外。

到了醫院後，爸爸拉起我的手，簡直是用跑的往嬰兒房的方向過去。

「安琪妳看，安好是不是和妳一樣可愛啊！」爸爸說。

「嗯！」我冷淡的回應著。之後，我們便到媽媽的病房去看她，媽媽看起來

好累，不過還是笑容滿面的。

「嘿——小寶貝，看到妹妹了嗎？」媽媽說。

「哼！還不是只會說安好，我感冒都還沒好也不關心我一下……」我在心裡生著無止盡的悶氣。

看著爸媽兩個人開開心心的在說話，想必一定是在說妹妹安好的事情吧！

「安琪，怎麼都不講話？」媽媽問。

「終於想到了吧……原來你們還記得有我這個女兒啊！」我心裡不愉快的想著。

爸爸轉過頭來告訴我，現在先回家讓媽媽休息，晚一點再過來。

我沒什麼特別的表情，就自顧自的走，也沒和媽媽說再見。

回到家後，爸爸忙著整理媽媽的衣物和日用品，我則到餐桌上坐下，拿起圖畫紙和蠟筆開始畫畫。

畫裡面是一個斷了翅膀的小天使縮在角落，背景全都是灰色的。

小天使在暴風雨中，尋找不到慰藉，只好自己縮在一旁，等著被人發現、被關心，翅膀不知道爲什麼斷了，所以也沒有辦法

離開這個地方。

「這就是現在的我吧……」我這麼認爲。

思緒全部都混在一起了，魏家宇、美美、安妤、江老師、爸爸、媽媽……每個人都讓我覺得好煩好煩好煩，我誰都不想去面對。

隔天一早到學校，我一個人趁下課時間，走到美術教室的角落邊，將這幅灰暗的畫完成，我發覺縮在角落畫圖，竟然給我一種無比的安全感。

灰色的天空、灰色的雲朵、灰色的臉龐、灰色的翅膀、灰色的心情。

06.
初次見面，我叫林國偉！

兩、三個月過去了，我的心情不但沒有好起來，反而一天比一天更灰暗。爸爸媽媽的關心愛護，一下子一半全都跑到安妤那邊去了，魏家宇也不時的冒出來捉弄我一番。

支持我的，除了畫畫之外還有那個天使小男孩，偶爾，美美從回憶裡出來探望我。

冬天，就在這樣黯淡的情緒中到來了。

「喔——安琪妳看，妹妹在笑耶！」爸爸興高采烈的說。

「嗯！」我仍舊冷淡的回應。

也許是因爲妹妹的出生讓爸媽太開心，他們好像沒有注意到我的情緒轉變，每天都是安妤來安妤去的。

有時候，我反應太明顯時，才會耐心的安撫我一下，但不外乎就是那些：「妹妹還小需要人照顧。」「爸媽還是很愛妳的呀！」「妳是姊姊要懂得讓妹妹。」諸如此類的話。

「哇！哇！哇！」我正在餐桌上認真的畫畫，安好的嬰兒車就在我旁邊，她突然發出響亮的哭聲，嚇了我一跳。

聽到哭聲的媽媽，趕緊從廚房裡跑過來，摸摸安好的尿布對我說：「她尿布濕了。」

「喔！」我依然如此說。

在一旁的爸爸，連忙到房間去拿乾淨的尿布出來，爸媽兩人就在客廳的沙發上，替妹妹換尿布。

說真的，安好真的長得人見人愛，光是那張白白胖胖的臉蛋，就不知道吸引到多少人了。如果今天她不是我妹妹，我一定會非常喜歡她的。

「安琪，媽媽今天要煮咖哩飯喔！可以過來幫我嗎？」媽媽走向餐桌對面拍拍桌子對我示意。

「好啊！」我沒有辦法拒絕的答應了。

媽媽要我把馬鈴薯、胡蘿蔔、洋蔥、香菇等食材清洗乾淨，然後再削皮。

「安琪……」

媽媽撇過頭來用手肘碰碰我的肩膀，然後繼續說：「妳這陣子到底是怎麼了？爸媽真的不會因爲妹妹的出生就把妳丟在一邊，只是因爲安好還那麼小，是正需要我們照顧的時候……妳們都是我的寶貝，手心手背都是肉，沒有分誰得到的關心比較多、誰比較愛誰的。」

這麼長的一段話，一時之間還真讓人無法接收，所以我並沒有表現出任何特別的反應，只是回應媽媽說：「我知道啊！不過心裡就是會不平衡！」

「傻孩子！」媽媽走到我身旁輕輕的擁抱我的身體。

這個舉動已經有一段時間沒有出現過了，讓我覺得有點彆扭。

「喔……媽我還要削馬鈴薯皮。」我故作鎮定的說。

媽媽放開她的雙手，拍拍我的背說：「別想太多囉！」

我用點頭來回答她。

「哇賽！好香喔！這是安琪煮的嗎？」爸爸裝作調皮的樣子問媽媽。

「她幫我削皮，還有攪拌咖哩唷！」媽媽說。

「哎呀！真是可惜，安好還小吃不到姊姊做的好吃咖哩。」爸爸說。

真不知道爸爸說這些話是要讓我開心，還是難過，爲什麼他總是要在關心我後，最後又會把安好算進來呢？

晚餐後，我的心情依然還是五味雜陳。

「媽媽早就知道我不愉快了，爲什麼要拖了那麼久才來安慰我？」

「算了……還不是想維持表面的和平而已。」我悶悶不樂的想。

走向窗戶邊，看著閃爍的星星，這才發現媽媽已經好久沒有說床邊故事給我聽了，一想到「安琪的誕生」這個故事，不禁一陣鼻酸從心頭冒出。

「我都已經被魏家宇那個臭小子欺負成這樣了，你們卻還是都不關心我，明明心裡就只有安好，今天又跟我說了那些話，這樣到底算什麼？」氣憤的眼淚不斷的從眼角流下。

躺在床上，想著那個男孩、想著美美，他們是我現在迫切需要的兩個人，可

是卻不在身邊，遍尋不著。

「到底應該怎麼辦才好？」我納悶著。

我不曉得我哭了多久，當我醒來的時候窗外已經聽到鳥兒的叫聲了。

揉揉紅腫的雙眼，感覺好像一整夜都沒有睡覺一樣。

「哈……」我大口的呼氣搓搓雙手，冬天的早晨寒意十足，天空仍然有點暗，就像天快黑的時候一樣。

「好冷……」看看手錶，現在才凌晨六點，難怪天還沒全亮。

我打開窗戶，讓冷冽的風吹進房間，透透這一屋子的晦氣。

「早安，陰天。」

這是我今年冬天的例行公事。

這幾個月在學校，江美惠老師當然也有發現我的轉變，可是每次她一問起，我總是避而不答，或是故意閃躲她，久而久之她也不再追究了。

美術教室變成了我最好的避風港。在學校，無時無刻我都想待在這，在角落

畫圖也好、在教室晃來晃去也好，總之我就是喜歡在那裡的感覺。

「喔！安琪妳怎麼又在這裡了？」王老師驚訝的看著我說。

我正趴在講台的地板上畫畫，正巧被王老師看到，我這才發覺她身邊跟著一位年輕的男子。

「老師對不起！」我趕緊從地板上爬起來，然後紅著臉衝出教室。

那個年輕的男子跟我對到眼，並露出友善的微笑。

「那個人是誰呀？人家正畫得起勁說，討厭！」我拿著那張畫到一半的畫，不情願的走回教室。

江老師從後門走進來，將教室的燈關起來，手上拿著手電筒，提醒大家已經是上課時間了。

「老師爲什麼要關燈啊？好奇怪唷！」同學們都感到莫名其妙。

江老師緩緩的走到講台上，對全班同學說：「各位同學，今天的偉人介紹，我們請來了另一位老師來給大家上課，同時呢——也使用了不一樣的上課方式喔

！請大家拭目以待。」

看到老師這麼說，大家開始議論紛紛，到底是什麼樣的老師會過來替我們上課呢？

「好！讓我們來歡迎，林國偉，林老師。」江老師熱情的要大家拍手歡迎。他一走進來就對全班露出開懷的笑容，然後用手語對大家說：「大家好，請多多指教！」

「咦！這個老師手語比得好奇怪喔！」旁邊的男同學偷偷傳紙條給我。

「無聊。」我回了兩個字。

當江老師把教室電燈打開，我才發現，原來這位林國偉老師就是剛剛在美術教室時，王老師旁邊的那位年輕男子。

「原來是他啊！」我心裡冷冷的想。

「那個……林老師是今年剛升大學的新鮮人，他們學校派他過來實習，大家要好好跟他相處喔！」江老師向全班介紹著林國偉。

「哈囉！我是林國偉，今年二十歲，今後關於偉人介紹的課程都是由我負責，我也會不時在江老師上課的時候在教室後面觀摩。對了，叫我國偉老師就可以了！」林老師繼續說。

「所以，各位同學，我今天移坐到後面，和大家一起上林老師的課。」江老師嘻皮笑臉的對全班說。

「啥？這樣今天我就不能偷看漫畫了……」我偷看到前面的同學在抱怨。

「咳咳！」國偉老師作勢清清喉嚨，準備開始今天的課程。

於是，江老師又將教室的燈全部關起來，我們看見投影布幕正緩緩降下。

「牛頓。」兩個大大的字顯示在投影布幕上。

國偉老師認真講解：「小朋友，你們知道嗎？牛頓就是發現地心引力的人！有一天，他坐在一棵蘋果樹下，突然一顆蘋果掉到他頭上，打到他，但是……」

老師話都還沒說完，很多同學就開始竊竊私語、傳紙條。

「牛頓，我早就知道啦！」

「蘋果掉在他頭上這個誰沒聽過！」

「啥！好無聊唷！」

不知道這個林國偉看不看得懂大家的手語，要是我在講台上教學，而學生竟然是這種反應，我一定會很難過。

不過，國偉老師只是笑笑的對大家說：「每個同學都很聰明喔！比以前的我認真多了！」

老師接著說：「老師要告訴大家的是，當牛頓被蘋果打到頭的時候，第一件事並不是生氣蘋果打到頭很痛，而是去聯想到爲什麼物品只會落下不會往上升。我想鼓勵你們的就是，即使遇到了困難、痛苦的事，也要往好的地方去想，要有求知的精神，這樣才會成長。」

「這個年輕老師真不簡單……」我打從心裡開始敬佩他。

國偉老師又說：「老師小時候，就是不認真唸書，每天就只知道往外面跑，一直到上了國中才懂得『求知』的重要。」

全班的同學，全都聚精會神的看著他，沒有人再說無聊，也沒有人再說他手語比得很奇怪。看來，大家也都和我一樣，對他感到認同。

「我希望以後每個人都可以化悲憤爲力量，勇敢的學習、努力向上。」國偉老師鼓勵著大家。一張張投影片，參雜著許多圖片、文字，可以看得出這位年輕老師的用心。

不久，下課時間到了，但大家卻還是依依不捨的看著國偉老師講課，我也不例外。不知道爲什麼，他有一種可以讓人安心聽他說話的感覺，應該說是一個可以信任的人吧！

放到最後一張投影片時，林老師對大家說：「謝謝各位同學，下個星期的這堂課都要來唷！」

說完，全班同時給予熱烈的掌聲。

江老師這時也從後排座位站起身走到講台上，站在國偉老師旁邊。

「哇！真是一堂精采的課耶！我們再次給林老師鼓鼓掌喔！」江老師說。

掌聲又再次響起，迴蕩整間教室。

下了課後，不少同學都走向前面跟國偉老師聊天，我則靜靜的坐在位子上，將先前未完成的圖畫完。

「看來以後除了美術課外，又有其他比較有趣的課了。」我在心裡想著。

一天的時間很快就過了，不知不覺又到了放學排隊回家的時間。

「最近天氣一天比一天冷，各位同學要注意保暖，不要感冒了喔！」江老師在走廊上提醒著我們。

「好，前面班級走了，我們出發吧！」於是，我們班就跟著隊伍，抬起腳步往校門口移動。

「老師再見！」

「好，再見喔！」

到了校門口以後，我到老位子，一棵行道樹下等爸爸來接我。

「喂！妳叫安琪對吧？」突然，一張熟悉的面孔出現在我眼前。

是國偉老師。

我趕緊站起身來打招呼：「嗯……老師好。」

「哈哈哈！妳不用這樣啦！我也還是很年輕的好不好，坐下來吧！」國偉老師笑笑的說。

「喔！好。」我有點尷尬的坐下，他也在我旁邊坐下。

「安琪，老師偷偷跟妳說一個祕密唷！」國偉老師神祕的說。

我認真的點點頭。

「其實，我也是個聽障者。」老師坦承。

「不會吧……老師你一定在騙人！」我不敢置信的表示。

「老師沒有騙妳，妳沒看見我上課都是用手語都沒講話嗎？」他問。

這麼一說，我才想起好像真的是這樣沒錯。

「沒什麼，只是想告訴妳，很高興認識妳。」他對我笑了笑。

「我也是。」我回應著，露出好幾個月沒有出現的笑容。國偉老師開心的對

我說：「我就知道，妳笑起來一定比愁眉苦臉的樣子好看！以後要笑口常開，知道嗎？」我不好意思的點頭。

「妳好，我叫林國偉！」他友善的伸出手。

看到這個情形，我考慮了一會兒，接著我也伸出手。

「你好，我叫陳安琪！」

07.
海倫凱勒

從國偉老師那堂令人受益良多的閱讀課，已經過了一個禮拜，今天又能再次上他的課，真是令人期待。

「安琪，妳今天看起來心情還不錯唷！」吃早餐時，媽媽對我說。

「才沒有，跟平常一模一樣啊！」我有點不好意思的回嘴，而且臉似乎還紅紅的。

媽媽沒說什麼，走到餐桌旁給在嬰兒床的安妤餵牛奶。之後突然轉過頭對我說：「對了安琪，有一封妳的信耶！好像是美美寄過來的喔！」

我衝向前去，以最快的速度把媽媽手上的信搶過來。

「真的是美美。」信封上那熟悉的字體，還有在背面那個只屬於我們兩個的塗鴉笑臉，讓我確信這真的就是美美沒有錯。

「她沒有忘記我……她心裡還是有我這個朋友。」我激動到眼淚都快要流下來了。

信裡是這麼寫著：

親愛的安琪：

好久不見了，最近還好嗎？對不起，不是故意要那麼晚寫信給妳的，因為我到美國沒多久，幾乎每天都到醫院報到檢查，加上時差的關係，讓我覺得很累，身體都承受不太住。學校那邊呢？新的班導漂不漂亮？都好懷念以前在學校跟妳一起在美術教室畫畫的時候。記得嗎？我們曾經互相畫對方耶！那幅畫現在就掛在我房間的牆壁上喔！

對了，還有那個死魏家宇，他有沒有再拿妳亂開玩笑，真是個王八蛋，要是今天他也是個聽障者，他就會知道這樣笑人家有多麼的缺德，那個臭笨蛋！

安琪，雖然我不在妳身邊，但我們永遠都是好朋友，一輩子的唷！

暑假如果有空，一定要和阿姨叔叔一起到美國來找我玩唷！美國這裡跟台灣差好多，不管是生活還是飲食，我還真的不太習慣呢！

好了，我要去睡覺了，今天做了一整天的治療快要累死我了，妳也要注意身體唷！台灣現在應該是冬天吧？記得保重身體，不要感冒了。

祝妳身體健康

PS：(1)妹妹應該出生了吧？叫什麼名字？有沒有很可愛呢？要拍照片寄給我看喔！

(2)記得要回信喔——我等妳。

美美敬上

我反反覆覆的看了信好多次，才明白原來一切都是自己想太多了，美美並沒有到了美國以後就忘記我這個朋友，只是因爲有時差又太累的關係才會沒有馬上寫信過來。

「不知道她的耳朵治療得怎麼樣了？會不會很痛呀？」我擔心的想。

「安琪，上課要遲到了啦！」一直到爸爸拍我的背時，我才回過神來。

「唉呀！糟糕！」我下意識的跺腳。

「她呀！一看到美美的信，心情就飛起來了啦！」媽媽調侃的說。

「媽媽妳很討厭耶！」我不好意思的低下頭來偷笑。

爸爸見狀後便說：「好啦！安琪我們走吧！不然上課就要遲到了。」

我將美美的信帶在身上，在車上時不斷想著要怎麼回信，還要去買可愛的信紙和信封，所以當爸爸把車停下來時，我一點都沒有察覺到。

「安琪到學校了啦！」爸爸催促著我趕快下車。

「喔喔！好好。」打開車門，和爸爸說再見後，我便快速的跑進教室。

我在上課鈴響的前一刻衝進教室，所有同學都訝異的看著氣喘如牛的我。

坐在旁邊的男生還說：「哇塞！陳安琪竟然會差點遲到，真是不可思議。」

我無心理會他，坐下來後便趕緊將美美的信放在抽屜裡。

當我手伸到抽屜的時候，才驚覺裡面放了好幾張我這段時間畫的畫，一張張翻來看，都是一些灰暗的色彩。

「這……真的是我畫的嗎？」我不敢置信的看著那幾幅陰暗到不行的畫作。

「上課了、上課了！」江老師走進教室，拍拍手提醒全班同學。

真是一個讓人心神不寧的早晨，收到美美的信，又可以上到期待一個星期的閱讀課，讓我的心情有了一百八十度的大轉變，不過心情似乎還是有點陰暗，沒有那種重見光明的感覺。

「這幾個月……到底是什麼是害得我心情如此低迷……是魏家宇嗎？還是妹妹安好？那我現在又是因爲什麼而煩躁呢？」我不禁感到納悶。

江老師對大家笑嘻嘻的說：「怎麼樣？今天又可以見到國偉老師囉！有沒有很開心呀？」

「有！」大家都很高興的頻頻點頭。

「不要因爲期待國偉老師的課就把我忘記囉！」江老師俏皮的說。

不曉得其他同學有沒有也像我這樣「背叛江美惠老師」，她在上課都不專心聽，一心一意期待下午的閱讀課，仔細想想還真是不好意思。

只要有在期待的事情，時間就會變得特別慢。上課、發呆、天馬行空、期待、下課，同樣的步調一直來來回回，讓人覺得好無聊、好沉悶。

「時鐘是不是趁我睡覺的時候變慢了呢？」我想到卡通櫻桃小丸子曾經說過這樣的話。終於，午休時間結束，閱讀課終於來臨了，可以感受的到周圍的同學也十分興奮。

「哈囉！各位同學大家午安！」國偉老師一進教室就給大家一個元氣十足的微笑。

「老師好！」我們用手語一致的向他問好。

國偉老師看大家那麼歡迎他，便說：「大家都好有精神唷！上個禮拜過得還愉快嗎?有沒有聽江老師的話，課前預習、課後複習呢？」看大家都面不改色的樣子，我想他應該知道我們根本就沒有這種「好習慣」吧！

「無論如何，還是要用功讀書唷！不要像老師一樣喔！」國偉老師義正詞嚴

的看著全班同學。

然後，他繼續說：「上個星期我們介紹了牛頓，他發現的地心引力和慣性作用，讓世人了解許許多多的『常態』中間其實都有原因的。」

「這個星期呢！我想介紹一位和大家息息相關的人物。」國偉老師在黑板上寫出大大的「海倫凱勒」四個字。寫完後，他回過頭來對大家說：「有沒有人不認識這個人的？」

「老師，她的故事我們都從小聽到大的，好無聊耶！」有同學開始埋怨覺得海倫凱勒大家都知道，沒有必要再介紹她。

國偉老師見狀後，便假裝清清喉嚨，然後以誇張的手勢說：「不行！今天我就是要介紹海倫凱勒！」

這時，江老師也從後排走到講台前說：「各位同學，這是國偉老師辛苦準備的課程，你們就不要再抱怨了。上個星期你們不也覺得介紹牛頓很無趣，但經過老師的一番話後，是不是也覺得受益良多呢？」

大夥兒看了江老師這麼說，便紛紛停止動作、安靜下來。

於是，國偉老師接著說：「我們都知道，海倫凱勒在出生沒多久就因爲生病而造成先天性失聰及失明，她既聽不到周遭的聲音、也看不見任何景物。」

老師點了點電腦，放了第一張投影片，是海倫凱勒穿學士服的畢業照。

「她看不到、聽不到，可是她照樣可以從哈佛大學拿到學士學位畢業。她也可以到處演講，鼓勵那些和她一樣的人。各位同學們，好好的想一想，如果今天是你們，你們做得到嗎？」國偉老師嚴肅的問。

如果我們聽得見聲音，現場現在的狀況應該可以形容是「鴉雀無聲」吧！

沒錯，海倫凱勒看不到、聽不到，可是她還是那麼有毅力的實現夢想。而我，爲什麼總是會受其他人影響，在意無聊的人說的話？我也好想知道，海倫凱勒有兄弟姐妹嗎？那她有沒有像我一樣也覺得爸媽都不愛我呢？

「其實我們大家都比海倫凱勒還要幸運，因爲我們還有眼睛，能夠看到這個美麗的世界，這樣想，是不是會比較快樂呢？」國偉老師鼓勵著大家說，然後比

出加油打氣的手勢。

接著，國偉老師放了第二張投影片，一樣是一張黑白照片，裡頭是一位小女孩和一位年輕的女子，照片旁寫著：「蘇利文老師及海倫凱勒。」

「哈哈哈！以前人的衣服怎麼都那麼好笑，頭髮幹嘛還燙捲捲的！好像春捲喔！哈哈哈哈哈！」旁邊的男生又開始亂開玩笑，我今天才知道原來他的名字叫做紀翔。

我不理會他的玩笑，直覺他是個像魏家宇一樣調皮的討厭鬼。

「蘇利文老師，可以說是海倫凱勒的恩師、啓蒙者。」國偉老師說。

他甩了甩雙手，好像手很痠的樣子，然後繼續說：「你們可以想像嗎？要如何去教導一個聽不見又看不到的小孩子寫字、說話，這是多麼困難的一件事！」

「老師，那爲什麼海倫凱勒小時候就要燙頭髮？」紀翔無厘頭的冒出一個莫名奇妙的問題，讓全班同學都目瞪口呆。

「翔翔，關於這個問題，你可以等下課再來找老師一起討論。」國偉老師回

答。接著，老師又繼續舉了很多例子給我們聽，像蘇利文老師怎麼教海倫寫字、怎麼說話、和人溝通，還有海倫凱勒生平許多偉大的事蹟，讓世人認爲她根本就不是一位殘障人士，而是一位偉大的女性。

終於，投影片放到了最後一頁：「美國作家馬克吐溫曾說：『十九世紀最令人感興趣的人物，是拿破崙和海倫凱勒。』」

「就這麼剛好，下個星期我要介紹的就是拿破崙！」國偉老師故意笑嘻嘻的對大家說。看著下課的時間即將到來，心裡真的是有萬分的不捨，真希望這堂課可以一直持續下去。江老師從後排走過來，用力的拍手，其他同學看到老師這麼做也跟著鼓掌。

「又是一堂寶貴的課！」江老師說。

她愉快的看著大家：「各位同學，看來國偉老師上課比我有趣很多唷！我們再次給老師鼓掌！」

「江老師太誇獎了我了，他們應該是看我長得特別討喜，所以才一直看著我的臉吧！」國偉老師半開玩笑謙虛的說。

突然間，我覺得國偉老師好面熟，但又說不上來。

抱著奇怪的情緒，終於到了放學時間。

「嘿！安琪。」和上個禮拜一樣，國偉老師又在我等爸爸的時候出現在我旁邊。

「哈囉！」我向他打招呼。

他露出潔白的牙齒，笑笑的說：「心情有沒有好一點呀？」彷彿他一眼就可以看穿我的心事一樣，我也不想隱瞞，就直接了當的問：「老師，請問海倫凱勒有兄弟姐妹嗎？」

老師皺皺眉頭問：「妳怎麼會問這個問題？印象中，海倫有個妹妹吧！」

「喔……」我沮喪的低下頭來。

國偉老師看到我的反應後，便走到我面前蹲下來說：「聽江老師說，安琪最近有妹妹囉！是不是覺得有了妹妹以後，爸爸媽媽對安琪的關愛就減少了呢？」

不爭氣的眼淚就這樣掉下來，儘管之前再怎麼難過，我也從來沒有在任何人面前掉過淚，今天卻不知道爲什麼，會在一個才見過兩次面的年輕老師面前哭。我哭得很激動，一把鼻涕一把眼淚，還一直抽搐，但老師沒有多說話，只是輕輕的拍拍我的肩膀，在旁邊安慰著我。

等我的情緒稍微平復一點時，他才問：「安琪，妳平常喜歡畫畫對吧？」我擤了擤鼻涕，然後點點頭。

「基本上呢！要是我現在跟妳說，爸爸媽媽還是一樣愛妳，妳也不會相信對吧？」國偉老師表現出一副老早就猜中的表情。

我再次點點頭。

「所以，我會建議妳在這段時間裡面，一直去做自己喜歡的事吧！開心的事畫起來、難過的事畫起來、生氣的事畫起來。」

國偉老師歪歪頭又說：「嗯……還有把偏心的爸媽畫起來、討厭的妹妹畫起來、喜歡吃的早餐畫起來。」

我滿臉疑惑的看著他。

「一天到晚都畫些不愉快的畫，總有一天也會想畫些陽光一點的作品吧！說不定哪天，妳也會深深喜歡上妹妹喔！」國偉老師笑瞇瞇的說，我這才發現他一笑，他的眉毛也會跟著笑。

不知不覺，我的臉上也漸漸浮出笑容，開心的和他一起聊天。短短的幾分鐘，卻讓我覺得好像跟畫一幅畫的時間一樣長，是很愉悅的。

坐上爸爸的車時，我轉過頭和國偉老師說再見。

當他微笑的時候，我終於發現他像誰了，就是那個在夢中一直守護著我的那個小男孩，那個特別又善良的天使。

08.
告訴我妳的夢想

自從和國偉老師談過那一席話後，我真的就照他所說的，將周遭的人事物能畫的就畫下來。

在某個假日的早晨，吃完早餐後我坐在餐桌上畫畫，突然感覺有個視線一直往我的方向看，轉過頭發現原來是躺在嬰兒車上的安好，用她那雙明亮的眼睛盯著我看。

她全身上下不停扭動，好像很開心的樣子。之後，她便對我笑了。

「呵呵……安好笑起來好可愛！之前都沒有認真的看過她。」國偉老師說，說不定哪天我會深深的愛上妹妹，我想就是現在這個時刻吧！

我情不自禁的拿起蠟筆，將畫到一半的魏家宇放下移到旁邊，然後開始畫安好躺在嬰兒車對我微笑的樣子。

「妹妹妳一定也是小天使，等妳長大再告訴妳『安琪的誕生』這個故事，啊……不過妳要學手語就是了，不然會無法溝通，呵呵呵！」我在心中喃喃自語。

說也奇怪，自從接受國偉老師這個建議之後，負面的情緒就越來越少，所畫

的圖畫中，感覺也漸漸從昏暗陰沉到光明四射。

不久後，一個穿著鵝黃色嬰兒服，脖子上還掛著奶嘴，嘴巴和眼睛都在笑的陳安妤就這樣出現在圖畫紙上了，這是我第一次畫妹妹，因此我馬上拿去給媽媽看。

「哇！安琪，妳畫安妤畫得好像唷！」媽媽目瞪口呆的說。

爸爸也跟著說：「對呀！乍看之下還真的有點像小時候的安琪耶！妳們姊妹倆都一樣，可愛又活潑！」

「安琪，妳現在可以畫一幅全家福呀！我們一家四口的畫，然後再請爸爸掛在客廳的牆壁上，親戚朋友來的時候都看的到喔！」媽媽開心的說。

「哈哈！好呀！那有什麼問題！」我回答。

「謝天謝地，我們那個可愛善良的小天使終於回來了。」爸爸說。

媽媽也微笑的回應：「是啊！安琪妳都不曉得，這陣子我們有多麼擔心妳，卻又不知道該用什麼方法讓妳心情好轉，也不可能丟下剛出生沒多久的妹妹不照顧，爸媽也是很兩難的耶！」

「手心手背都是肉。」我想起某次在鬧脾氣的時候，媽媽曾經對我說過這句話，當下的我不以爲意，但此時卻能真真切切的體會她的感受。安妤和我同樣都是爸媽的子女，曾經在同一個肚子裡，如今又在同一個家庭裡生活。

對我來說，能夠和家人一起快樂成長是最快樂的事，那對父母來說，也一定是如此對吧？

看著爸爸、媽媽和安妤，頓時心中出現一股溫暖的感覺，似乎被暖流包圍住一樣，那麼溫馨、那樣安心。

「好！我現在就要去把我們都畫下來！」我說。

每個人都有一套保留回憶的方式。

有人喜歡用相機來記錄生活中精采的每一刻；有人喜歡寫日記來寫出生活的點點滴滴；而我，則是喜歡用繪畫來表現生活週遭的一切人事物。

畫畫是我的生活、更是我的一切。

這天，江老師突然把我叫進辦公室問：「安琪，妳平常有在畫畫對吧？」

「嗯！老師怎麼知道？」我問。

「當然是聽你們之前的班導說的呀！」

江老師回答後繼續說：「是這樣的，下個月有一場校外的繪畫比賽，四年級代表，老師想要派妳去參加！」

我的心撲通的跳了好大一下：「真的嗎……我有這個資格嗎？」

「當然囉！妳可是我和美術老師心裡最佳的人選呢！」江老師鼓勵著說。

我不敢置信的看著江老師。

「安琪，別緊張！這個比賽是可以在家裡把作品完成，然後再交給老師，我們會再把它送到主辦單位審核的。」江老師說。

看到我面無表情，江老師只好繼續說：「好了安琪，瞧妳都沒什麼反應，詳細的情形等會兒美術課，王老師會再跟妳說一次，關於比賽的辦法和題目，加油囉！」

說完，老師便叫我先回教室上課。

帶著一顆忐忑不安的心走進美術教室，事實上我一點信心都沒有也不覺得自己有辦法勝任這個比賽。

「各位同學。」王老師才一開口，我就突然感到很震驚，好像她會把我吃了一樣。

王老師繼續說：「今天上課，我們不畫畫，老師現在會發西卡紙下去，我們來做紙雕！」

「喔——太好了，我看除了陳安琪之外，應該沒有誰還想再畫畫了吧！」紀翔故意誇張的站起來比劃著。他果然像魏家宇一樣是個大笨蛋。

「翔翔，不可以那麼沒禮貌。」王老師嚴厲的制止他。

我給了紀翔一個白眼，沒想到他還敢對我吐舌頭，真令人生氣。

「討厭鬼……」正當我在賭氣的時候，王老師走到我座位旁邊，要我到她教

室的辦公桌後面一下。

我這才想起從剛剛到現在一直在緊張的事情。

「嗨！安琪。」一張熟悉的面孔突然出現在眼前。

「咦……國偉老師，你今天怎麼會來這裡呀？」我有點嚇到的問。

他抓抓頭，一副無所謂的樣子說：「我也不知道我怎麼會在這耶！」

「哈哈哈！沒有啦！今天學校教授請假不用上課，所以我就跑來報到啦！」

每次看到國偉老師俏皮的樣子，都忍不住很想大笑。

「啊啊……對不起，打擾了，你們剛剛說到哪了？」國偉老師不好意思的問王老師。

於是，王老師便對我說：「安琪，今天早上江老師應該有告訴妳，我們想派妳代表學校四年級去參加校外的繪畫比賽。」

「嗯！我已經知道了。」我回答。

「那妳的打算是……」王老師問。

我咬了咬嘴唇，緊張的吞了一口口水，然後回答：「那個……老師，我覺得我不夠資格耶！」

王老師驚訝的說：「怎麼會呢？妳會畫畫是大家都公認的事實呀！」

「會畫是會畫啦！可是我沒有把握可以幫學校拿獎回來，外面一定有畫得比我還要好的同學，我實在沒什麼信心……」我坦白的將心裡的想法告訴王老師。

「妳這孩子怎麼會這樣想呢？這是個天大的好機會呀！」王老師想說服我。

「可是可是……」我反應出支支吾吾不知道該如何表達的樣子。

「讓我來跟她說吧！」國偉老師跳出來對王老師說。

王老師考慮了一下，便說：「好吧！」

國偉老師以手勢說：「跟我走吧！」

我們兩個走出教室，自然而然的下樓，走到操場旁邊的大樹下坐下來。

「哇！今天的天氣真好！」國偉老師邊伸懶腰邊說。

看我毫無反應，他便接著說：「說吧女孩，爲什麼不想去參加比賽？」

「我不是不想啦……只是覺得……」

「只是覺得害怕不能得獎會讓大家失望，對吧！」國偉老師直接的說出我心中的想法。

我點點頭：「要是沒有得獎，大家一定會很失望。他們對我的期待那麼高，搞不好還會有一些人嘲笑我勒！」

腦中突然浮現魏家宇和紀翔的臉，真令人厭惡。

國偉老師拍拍我的肩膀：「妳還真的想太多了呢！」

「啥？」我不太能夠理解的表示。

「比賽重要的不是輸贏，而是在比賽中所學習到的東西。大家今天是對妳陳安琪抱著很大的期望，才希望妳去比賽，所以妳是不是應該不要辜負老師們的期望呢？」國偉老師引導我往正確的思考方向走。

「可是我真的很害怕看到大家失望的表情……」我低下頭說。

「安琪，妳的價值是妳自己給妳的。今天妳覺得妳的畫應該得一百分，那就

是一百分、妳覺得五十分就是五十分。」

「沒有錯，我們不能去控制評審每一個都要喜歡安琪的作品，但他們喜不喜歡對妳來說其實一點都不重要呀！重要的是，妳是抱持著怎麼樣的心情去參加這個繪畫比賽呢？」國偉老師說了一長串，然後問我。

「想得獎的心情。」我明白的說。

「沒有一個人一出生就對某些事特別在行，今天妳會畫畫，也是從小累積到大的啊！我也不相信畢卡索、張大千他們都沒有經過考驗就可以馬上畫出那些動人的作品。」

「妳懂嗎？很多東西是需要磨練的，所以我個人覺得妳根本不用給自己太大的壓力，抱著平常心去比賽就可以了。」國偉老師仍然鼓勵我說。

「平常心？」我疑惑。

「妳畫出好作品的時候，都是什麼樣的心情？是不是都是輕鬆、快樂的呢？帶著這種心情去參加比賽，畫出來的畫，我想也會比較出色吧！」國偉老師認真

的解釋。

我再次低下頭沉思。國偉老師站起身蹲在我面前，扶起我的肩膀說：「這次，試試看吧！」

我看見天空中有一架飛機，筆直的朝目的地前進，還留下漂亮的飛機雲。想必老師也看到了那道飛機雲，他看了看天空再看看我：「安琪，

告訴我妳的夢想！」

「我想當畫家。」

「我知道。」

我納悶的看著老師：「那爲什麼要問？」

「妳看那架飛機，載著乘客往目的地飛去，留下一條筆直漂亮的飛機雲。我想這個機長，一定很確定目的地的方向，所以才那麼篤定的留下直線，朝正確的方向前進。」國偉老師說。

「聽不懂。」我表示。

「就像妳從小到大的夢想，就是要當一個畫家，到現在都沒有變過！那妳是不是應該像那道飛機雲一樣，筆直的朝自己的目的地前進。」我彷彿看到國偉老師的眼睛裡散發出明亮的光芒。

「小朋友，去參加比賽吧！我想那個機長，以前一定也是留下好多歪七扭八的飛機雲，今天才能留下這道美麗的雲唷！」國偉老師微笑著說。

於是，我也站起身來回答：「好，我願意試試看！」

回到美術教室後，我便告訴王老師願意參加比賽的事。

王老師一直感謝國偉老師，說這都是他的功勞，竟然有辦法說服那麼固執的陳安琪。

「王老師別這麼說啦！安琪是我的好朋友耶！」國偉老師嘻皮笑臉加上怪異的手語真的讓人覺得很好笑，有時候我真的很懷疑他到底是不是聽障者，但我知道他絕對不會欺騙我的。

下課後，我走到位子上整理桌上的東西，因爲整堂課都不在，紙雕就要帶回家做，下個星期再補交。

國偉老師走到我旁邊拍拍我的肩膀說：「安琪，我要先回去上課囉！」

「好，老師再見！」我禮貌的微笑對他揮手。

看著他的背影走出教室，心裡想著下次一定要好好謝謝他，回家也要跟爸媽說他的事情。

這時，國偉老師回過頭，又對我說：「安琪，不要忘了妳的夢想。」

「對了，忘了告訴妳，我的夢想就是要當一位機長！」說完他就跑步消失在我眼前。

還好教室只剩我一個人，不然讓其他人聽到笑了還真有點丟臉。

我笑了，笑得好大聲，我記得上次這樣大笑應該是兩年前了吧！

09.
我的家庭眞可愛

「吼！安琪，妳躲在我們的床底下做什麼？差點沒被妳嚇死！」媽媽掀開床單，驚魂未定的看著我。

「人家在看我小時候的照片啦！在找尋靈感耶！」我嘟著嘴有點不情願的表示。

前兩天，美術老師告訴我這次比賽的題目：「我的家庭真可愛。」

這個題目看起來很簡單，但要認真畫出一幅感動人心的好作品沒那麼容易，我想了很久，決定回家翻翻以前的照片，尋找靈感。

媽媽把我拉出來說：「要看照片就出來看嘛！偷偷摸摸的幹嘛？」

「吼！人家就覺得在這邊看比較有感覺啦！」我向媽媽解釋。

「床底下一堆灰塵很髒……妳坐在床上看就好了。」說完，媽媽先是拍拍我衣服上的灰塵，然後將我抱到床上，這個舉動讓我不知所措。

「好啦！媽我知道了，下次不會再鑽進那裡了。」我難爲情指著床底下說。

媽媽似乎沒發現我的尷尬，便說：「妳慢慢看吧！媽咪要去煮飯了。」

印象中，媽媽已經好久沒有這樣抱我了，也許以前是覺得我漸漸長大又或者認爲我變重了……真是不好意思……感覺好奇怪。

我用力的搖搖頭，揮去滿腦子雜亂的感受。

突然間，我的目光全部被一張照片吸引過去。

照片中間的是我，大概一兩歲，我吸著奶嘴，兩隻小手一邊爸爸牽著、一邊被媽媽牽著，爸媽笑得好甜好甜，頓時我心中出現溫暖的感受。

一個孩子，從不會走路到能夠跑跑跳跳，這個過程看似容易，但爲人父母的一定是用了很大的心力在這個孩子身上，在他跌到的時候鼓勵他再向前、在他跑到終點時稱讚他。

看著相片裡的爸媽，散發著幸福洋溢的表情，即使知道女兒有缺陷，卻還是不離不棄，把我當成天使、當作寶貝。

國偉老師說得沒錯，不論今天我幾歲，在爸媽眼裡，永遠是個需要人愛護、照顧的孩子，幸福的小孩就像溫室裡的花朵，不受外蟲侵害，長得也特別茁壯。

「爸媽感覺也老了好多唷……」我在心中感慨著。

我決定要藉由這張相片給我的靈感，畫出一幅感動人心的作品。

「親愛的，妳還在看呀？喔！那張照片是小時候帶妳去遊樂園時拍的，看看妳那時還好小唷！真是可愛！」媽媽走進房間，將我手中的照片拿去回味。

我微微笑的回應。

「唉唷！快下來吃飯吧！今天晚餐是義大利麵唷！」媽媽一邊催促一邊推著我的背。

「遵命！」於是，我快速的衝下樓去。

看著熱騰騰的義大利麵，配上我最愛的蕃茄醬，這一切真是太美好了。

爸爸、媽媽、我和安好，我們四個人是一個堅固的家，永遠不會分開。

「爸比，今天安好的牛奶給我泡好嗎？」我問。

爸爸好像嚇了一跳，可能是因爲我很久沒這樣跟他撒嬌了。

他點點頭，便說：「那有什麼問題，妹妹一定很想喝姊姊泡的牛奶，快過來

吃飯吧！」

我坐在餐桌前，閉上眼睛雙手合十對自己說：「陳安琪，歡迎回家！」

接下來幾天，除了閱讀課和美術課之外，我從早到晚腦筋裡面都是要怎樣呈現我想表達的親情，怎麼樣才能顯現我的家庭很可愛？

「安琪！陳安琪！」紀翔那個搗蛋鬼在下課時間跑過來打擾我作畫。

「幹什麼啦？」我不耐煩的抬頭看著他。

「沒有呀！問妳在幹麻？」他一臉無所事事的說。

「看也知道在畫畫啦！你去旁邊啦！討厭！」我嚴肅的對他說。

紀翔轉過身朝著我拍拍屁股說：「奇怪！問一下也不行，小氣鬼喝涼水！」他自討沒趣的走開了。

「幼稚。」真受不了這個神經病。

班上的同學，似乎還不知道我即將代表整個四年級去參加校外比賽的事情。

離比賽的時間還剩三天，雖然說可以自行作畫又有一個多禮拜的時間，但我還是非常緊張，不放棄任何可以練習的機會，因此就連下課那麼短的時間，也要好好把握。

「怎麼樣安琪，對於要創作的畫作有沒有什麼特別的想法呢？」美術老師在放學前把我叫到辦公室詢問。

「老師，我是這麼想的啦……以往我多半是用水彩或是蠟筆來作畫，但這次我想用素描的方式來呈現父母對孩子的愛。」我向老師說道。

王老師閉上眼睛，沉思了一會兒，接著說：「用素描這個手法倒是不錯，不過風險比較大，一個不好就會出差錯。」

「對呀！可是我真的很想嘗試看看這種作法，想要突破過去、超越自己！」我認真的表示。

「哈哈！安琪妳的眼睛都炯炯有神了耶！沒問題，老師支持妳，這幾天妳就盡量練習素描的技巧，有任何問題歡迎隨時來問我唷！」王老師開心的鼓勵著我說。

走出辦公室後，我感覺心情七上八下卻又很興奮，原來要去做一件不確定的事情是這樣的心情呀！

真想立刻和國偉老師分享心中的感受，可惜還要等兩天才能再看到他。不知不覺，我已經把他當成聊天、訴苦的對象了，他給我的感覺有點像美美，卻又更像那個小天使。

其實用素描這個方式還是國偉老師的建議呢！記得上星期閱讀課下課他對我說：「安琪，記得我小時候呀！老師規定鉛筆盒裡只能放鉛筆，所以不管是寫字、畫圖我都是用鉛筆，妳會不會覺得有時候作品不一定要很花俏，『白紙黑字』反而更能震撼人心喔！」

「好像是耶！不過我很少用鉛筆畫畫耶！」我直接的對國偉老師表示。

「哈哈！妳就參考看看囉！這只是我的一個想法啦！不要放在心上。」雖然他口中那麼說，不過應該還是希望我能採用他的建議吧！

我之後回家想想，看看泛黃照片，一股「懷舊」的感覺就這麼跑出來了。

「嗯……用鉛筆是真的可以畫出不一樣的感動，就試試吧！」之後，我就去書桌拿出一盒不同深淺粗細的鉛筆，開始慢慢練習了。

「國偉老師還真是古靈精怪，點子超多的。」我一邊走回教室一邊回想著。

回到教室才發現所有的同學都已經下課了，只剩江老師在教師桌上改作業，她看到我走進來便立即放下手邊的工作說：「安琪，妳怎麼還在啊？今天爸爸沒有來接妳嗎？」

「爸爸今天要加班，我要自己回家，剛才去找美術老師討論比賽的問題。」我回答。

「喔！是這樣的啊！天晚了，妳趕快回家去吧！以免媽媽會擔心。」江老師溫柔的對我笑著，接著又低下頭繼續改作業。

三秒後江老師又再次把頭抬起來：「忘了說，安琪，比賽加油唷！」

「老師，我會的！」我雙手握拳，做出打氣的動作。

看老師那麼認真的在看大家的功課，心中頓時湧出一種奇特的感受。

每個人都有某些自己在行的事物，像我喜歡畫畫，遇到跟繪畫有關的事情就會非常認真挑剔，而老師的職責在於教導學生，像江老師及國偉老師對我們那麼多的諄諄教誨，一定也是因爲他們對教育的熱誠，才會那麼堅持吧！

我靜靜的離開教室，不打擾江老師。

「我一定會加油的！拚上十萬分的努力！」我在心裡強烈的鼓勵自己。

終於能夠體會「廢寢忘食」這句成語的意義了。拿它來形容現在的陳安琪真是再適合不過，爲了練習素描，我可以不用吃飯、忘記洗澡、不想做功課。當然也被媽媽唸了一整晚，但我還是依然故我的待在房間裡練習。

「喔——好累喔！」看著圖畫紙上一張嬰兒在吸奶嘴的臉，再看看手上黑黑的碳粉，心中還真有自豪的感覺。

我站起身來，伸伸懶腰，看到美美前幾個禮拜寄來的那封信，決定要來回信

給她。

信裡是這麼寫的：

親愛的美美：

也要跟妳說抱歉，這麼晚才回信給妳！想知道原因嗎？

告訴妳一個好消息，我即將代表學校四年級去參加繪畫比賽唷！而且是校外的，所以特別緊張，真是「既期待又怕受傷害」耶！如果妳在這裡，一定也會替我感到很高興，對吧？

最近班上來了一個實習老師，每個星期四下午的閱讀課現在都是由他接手，該怎麼說這個人呢？他和我們一樣都是聽障者，不過他的手語比得真是有夠爛的，不知道為什麼和他就特別有話聊，而且他也會鼓勵我往正向思考。老實說前陣子我還挺悶悶不樂的，要不是他出現，還真的不曉得我還要陰天多久。

妹妹的名字叫安好，下次再附上她的照片給妳看。她長得很可愛唷！臉頰紅通通的好像紅蘋果，爸媽都說她跟小時候的我一模一樣呢！

魏家宇還是像以前一樣討人厭，不過這陣子倒是沒有什麼遇見他。可是班上有一個男生叫紀翔，可以說跟他是一個樣啦！就像個笨蛋又很愛隨便嘲笑人家，想到就覺得很生氣。

妳在美國一切安好嗎？治療會不會很累、很辛苦？真的好想念妳唷！真希望能夠趕快見面！對了，我有和爸媽說暑假想去美國找妳的事情，他們說那就得好好存錢囉！記得速食要少吃唷！哈哈哈！

有好多好多話想要當面告訴妳唷！真的等不及了！

好啦！換我要去睡覺了，現在台灣時間是凌晨兩點，晚安！

祝妳身體健康、事事順利

PS：我發現我們好像都喜歡在三更半夜的時候寫信，哈哈！

好友安琪敬上

寫完信後，我滿足的躺在床上閉上眼睛，想著這些日子一切的種種，心情的起伏轉折，感覺好像作夢一樣。真希望這種快樂的感覺可以一直持續下去，希望這場美夢永遠不會有結束的一天。

時間過得很快，一眨眼就到了比賽的日子。比賽的第一天，王老師將各年級的代表集合到美術教室，再次聲明比賽方法和題材。

「各位同學，很高興大家有機會坐在這邊參加這個比賽，現在我就發比賽的手冊給你們參考。」王老師慎重的說。

「作畫的時間是一個星期，評審覺得不要限制時間才更有機會讓出色的作品出現，因此採用這樣的方式。同學們可以利用下課時間、或是在家裡的時間來完成作品，相信大家都不會找人『代工』，我們都是愛繪畫的人，這麼做最對不起的人，非自己莫屬了！」王老師大致的說明比賽規則，並提醒大家不要走旁門左道。王老師甩甩雙手後繼續說：「關於比賽，有任何問題都可以來問我！那麼，現在有沒有誰有任何問題呢？」

一位高年級的男生舉手，王老師示意要他站起來，他起身後便說：「老師，爲什麼要以那麼簡單的題材當作參選題目呢？」

「越是簡單的東西，往往越難表達出它的意境，同學，這方面還是得靠自己好好思考唷！」王老師解釋。

說完後，也沒有其他同學有任何問題了。

「既然沒有問題，那麼大家就加油囉！拿出最好的實力給評審看吧！」王老師激勵大家。

「謝謝老師。」緊接著鳥獸散，大伙兒都想趕快回去作畫找靈感了。

還好我未雨綢繆，這幾天的練習真的沒有白費。

放學回到家後，我立刻拿出一張四開的圖畫紙，準備畫出一張吸著奶嘴的小孩在學走路，而父母站在另外一邊鼓勵他走過來的畫面，原本是想畫和那張給我靈感的照片一樣的場景，後來還是覺得要創新比較好。

「安琪，妳也不能因爲比賽飯都不吃吧！前幾天在練習的時候就跟妳說了，妳怎麼現在更誇張呀！」媽媽無奈的到我房間，收了那盤幾乎沒有動過的飯菜。

「唉唷！我肚子餓會自己找東西吃啦！」我胡亂的敷衍幾句話又回到自己的世界裡。

「她已經走火入魔了啦！就像妳著迷韓劇一樣。」爸爸故意走到我旁邊想引起我的注意力。不過此時此刻的我，除了想趕緊畫出一幅完美的作品之外，根本沒有其他的想法。

接下來幾天，我一直努力的在畫畫，常常弄到半夜才知道要洗澡、知道肚子餓了，媽媽不曉得已經唸過我多少次了，但我依舊無動於衷。

「要是我活在古代，應該可以成爲一位了不起的人物吧！」看著那幅即將完成的作品，小孩子的表情栩栩如生，連眼睛都在笑，不禁對自己感到很佩服。

「唔……還是不要太自大的好！接下來還有孩子的父母要畫，千萬不可以分心！」我嚴厲的提醒自己。

我費盡心思專注的把心力全都投注在這幅畫上，直到我聽見鳥兒的叫聲，驚

覺自己竟然一整晚都沒有睡覺，才發現眼皮非常的沉重。

「天呀！我好像真的有點太誇張了！媽媽應該會同意我今天上課請假吧……」因爲身體太累，我不知不覺就倒在書桌上睡著了。等我再次醒來，發現桌上放了一杯熱可可，身上蓋了一件厚厚的毯子。

「一定是媽媽。」於是，我便拿起可可，走下樓。媽媽正在幫安好換尿布。

「哇！真是太稀奇了，我們的大畫家終於離開房間了。」媽媽眼神帶著指責的意味看著我。

「那個……學校……」我不好意思的向媽媽問起有沒有幫我請假的事。

「妳就放八百個心吧！媽媽早就幫妳打電話給江老師了，她說妳這幾天上課一點都不專心，還一直拿著筆在課本上畫畫！」媽媽還是不停的說教。

我跑到媽媽旁邊，拉著她手撒嬌：「好啦！媽咪對不起啦！我肚子好餓，可不可以煎荷包蛋給我吃！」看到我厚臉皮的要求，媽媽也只好說：「真拿妳沒辦法，畫應該快完成了吧！」

「嗯！差不多了，只差一些地方要修改。」我回答。

「真是謝天謝地。」媽媽說。

我常常在想，如果今天我不是活在一個無聲的世界裡，那麼我肯定是住在全世界最幸福美滿的家庭裡，能聽到家人的歡笑聲一直以來都是我的夢想，如果我能聽得見那該有多好。

我立刻用力的搖頭，揮去這沒完沒了的想法。也許正是因爲如此，我對這幅作品才會特別認真吧！因爲我可以從那個小孩子表情上「聽」到他的笑聲，也可以從畫中另一方的父母的嘴巴「聽」見他們在說加油。

「安琪，吃早餐囉！」我似乎真的聽到了這句話，媽媽的聲音就和我想像中一樣溫柔。

我回過頭，剛好看見媽媽把盤子放在餐桌上。

原來，這就是心有靈犀。

10.
惡作劇

「寶貝加油，過來媽咪這邊唷！」

「快點快點，走過來就可以喝ㄋㄟㄋㄟ了喔！」

我自豪的看著這幅完成的作品，試著想像畫中有可能會出現的對話情節。

父母鼓勵小孩走到他們身邊，剛學步的孩子站不穩，爲了想趕快喝到牛奶或是跟爸媽撒嬌，便一步步踏著顫抖的步伐，勇敢的向前進。

「明天我要馬上把畫交出去！」雖然離截止時間還有一天，但是我害怕再放在家裡，我會一直想要修改，到時候那就叫自找苦吃。興奮的情緒完全掩蓋住睡意，即使已經半夜了，我卻還是繼續看著這幅作品，依依不捨。

「看來，素描好像也沒有那麼困難耶！」我滿意的將畫捲起來放在書桌上，逼自己趕快去睡覺，不要再繼續這樣下去了。

「陳安琪，晚安。」跟自己道過晚安後，便帶著微笑睡去。

在睡夢中，他帶著燦爛的笑容，從窗戶飛進了我的房間。

「嗨！好久不見了，你這陣子都跑到哪裡去了？」我一方面是開心，一方面是擔心的問。他搔搔頭，靦腆的說：「妳最近應該過得比較好了吧？自從國偉老師出現以後，妳的心情就漸漸平復下來了。」

「是呀！不過我還是希望你可以常來看我。」我別過頭，有點賭氣的說。

「陳安琪小姐，我只有在妳情緒最低落的時候才會出現唷！我出現的次數越少，對妳來說應該是好事吧！」

看著他說得頭頭是道，心裡真不是滋味。

「所以……你以後真的就不會再來了嗎？」我難過的低下頭。

他假裝沒有聽到我問的問題，轉移話題說：「妳不覺得那個老師跟我長得很像嗎？」

「這麼一說，好像真的有點像耶！他是你哥哥嗎？」赫然看見他和國偉老師那相似的鼻子和眼睛，感覺似乎真的有幾分神似。

他笑著回答：「以後妳就會知道了，我先走囉！」

「喂！你怎麼每次都走得這麼快！我還有很多問題沒問……」話還沒說完，他就張開那只剩下一邊的翅膀飛走了。

「呿……每次都這樣，來去匆匆。」我抱怨著。

突然間，一陣天旋地轉，強風呼嘯，讓我不得不用雙手遮住眼睛，跌坐在床上，心裡驚嘆道：「天哪！到底是怎麼回事呀？」此時，我又聽見了那個小天使的聲音：「安琪，做得很好！那幅畫畫得很棒，繼續加油唷！我會一直在妳身邊的。」

當我回過神來後，只看到窗簾在微微飄動，剛才的情況似乎都只是假象。

「呼——又是一個奇怪的夢！」鬧鐘的時鐘顯示著清晨六點整。

「我應該……是有睡著吧？不過，他倒是好久好久沒出現在夢裡了！自從國偉老師出現以後。」

與其躺在床上翻來覆去，不如先去刷牙洗臉，等爸媽起床，給他們看我的傑

作。走下樓後，看見廚房的燈是亮的，原來媽媽已經起來準備早餐了。

「媽咪早呀！」我走到她身邊拍拍她的背。

「嘿！寶貝早啊！怎不多睡一會兒呢？」她放下鍋子，溫柔的摸摸我的頭。

「媽密……妳坎！」我勇敢的說出話來，然後把藏在背後的畫拿出來給媽媽看。

「哇！安琪好棒唷！這真的是妳畫的嗎？」

我驕傲的點點頭。

結果，媽媽竟然不管三七二十一，把還在睡覺的爸爸挖起來，就是要他立刻看我的畫。

「哈……喔！安琪妳怎麼這麼厲害，未來一定是第二個張大千！」爸爸沒頭沒腦的說。

「張大千是畫山水畫的啦！我們安琪以後應該是……莫內之類的吧！」媽媽糾正爸爸，表現出興高采烈的樣子，我能夠想像她的聲音是有多麼的開心激動。

「這妳就不懂啦……我說……」爸爸也不甘示弱的發表他的言論，雖然我什麼也聽不到，但他們會爲了讓我知道他們在說什麼，而一邊說話、一邊加雜手語在裡面。看到爸媽兩個人那麼高興，真的覺得這幾天的辛苦都值得了，即使沒有得獎也無所謂了。吃過早餐後，看著晴朗的天空，我告訴爸媽今天想自己走路去上學，散散步。

我把畫捲了起來，再用緞帶綁好，放在書包裡面，露了一截出來。

「啦啦啦啦啦——」嘴裡胡亂哼著歌，在人行道上蹦蹦跳跳，經過的路人不時用怪異的眼光看我，不過我無動於衷。

當我走到公園的時候，一張令人厭惡的臉突然出現在我面前。

「哇！這不是陳安琪嗎？」魏家宇把舌頭伸得好長，好像都快斷掉了一樣。

我瞪了他一眼，從他旁邊快步離去，心想：「會不會太倒楣了？一大早就遇到這個討厭鬼！」他不放過我，繼續跟在我背後，先是拉拉我的辮子，然後又一直誇張的大笑，更可惡的是，他還用手去抓我耳朵上的助聽器。

我惱怒的對他說：「逆給我奏凱！」

話一說出口，我馬上就後悔了，天曉得等一下他會怎麼嘲笑我。

果然不出所料，他比剛剛笑得更誇張了，還不時在學我剛剛說的話，即使聽不到，我也知道這個臭小鬼會說出什麼話來。

「哈哈哈！陳安琪講話了，大家快來聽唷！好好笑唷！她到底有沒有講過話啊！怎麼會那麼奇怪！」

這時，他不知道從哪裡找來他兩個朋友，看起來和他一樣幼稚討厭，於是，三個小男孩就這樣圍著我，瘋狂的哈哈大笑。

我紅了眼眶，但還是告訴自己無論如何都不可以在他們面前哭出來。

「哈哈！羞羞臉，愛哭鬼！」他們仍然不放過任何一個可以作弄我的機會。

我擦了擦快要掉下來的眼淚，然後若無其事的繞過他們，一心只想趕快離開這個地方。

「喂！科學怪人！妳是要去哪裡啦！書包放的這是什麼東西呀？」魏家宇看

到我放在書包裡的畫，然後把它抽了出來。

「還給偶啦！」寶貴的東西被搶走後，根本不會管那麼多，我大聲自然的說出話來，強硬的告訴他，請把東西還給我。

「我偏不要！」然後他就拿著我的畫，開始在公園裡面奔跑。

我在後面死命的追，心裡擔心要是他傷到我的畫怎麼辦。

到了公園噴水池旁邊的時候，魏家宇把畫打開，我用懇求的眼神請他不要這麼做，他不理會我，然後看看他旁邊的兩個同學說：「這是什麼鬼東西，烏漆抹黑的！」

在我大聲尖叫之前，魏家宇便硬生生把我的畫丟到了噴水池中，之後就哈哈笑的離開了，留下了我一個人看著浮在水面上的圖畫紙。

過了好久好久，我完全沒有任何反應，只是呆呆的走到水池裡面，不管褲子鞋子是不是都濕了，撿起那張都糊掉的畫，我花了一個禮拜才創作出來的心血。

於是，我拿著這幅已經不是畫的畫，離開了公園。

10 惡作劇

鈴鈴鈴鈴鈴……鈴鈴鈴……

「喂！」

「妳好，請問是陳太太嗎？」江老師在電話另一頭問。

「是，請問妳是哪位？」

「陳太太，我是安琪的導師江美惠，請問安琪今天是否身體不舒服，有需要請假嗎？」江老師說。

「安琪一大早就出門去上課了呀！」媽媽回答。

「這就奇怪了，從早上到現在我和同學們沒有一個人有看到安琪，而且她的座位也是空的。」江老師緊張的說。

「我連絡一下我先生，我們馬上過去學校。」

爸媽匆匆忙忙的到了學校，一看到江老師馬上問：「我們安琪會跑到哪裡去呢？」

「她今天早上還很開心的拿要參加比賽的畫給我看的呀！會不會是發生什麼事情了？」媽媽緊張到快要哭了。

「陳太太您先冷靜，仔細想想安琪在出門前有沒有什麼特別的舉動呢？」江老師問。爸爸代替已經失去理智的媽媽回答：「老師，說真的安琪最近的情況比先前好很多了，早上也是高高興興的出門，除非她在路上碰到了什麼事，不然她不會這樣平白無故的失蹤。」

江老師點點頭：「對呀！而且今天是作品繳交的最後第二天，她既然都畫好了，怎麼會不來學校呢？」

「我們安琪會跑到哪去！這孩子……」媽媽急到坐也不是，站也不是了。

「陳太太，您先不要緊張，我們先到安琪有可能去的地方找找看好了！」江老師向大家提議著。

這時，有個年輕的男子突然走進教室：「嘿！我想我知道安琪會在哪裡。」

看著一個多禮拜的心血，就這樣硬生生的被丟到水池裡面，心情真的有如刀

割一般那麼痛。我像隻無頭蒼蠅不知道要往哪走，總覺得這個世界真的沒有我的容身之處了，此時此刻，真的好希望那個小天使就陪伴在我的身邊，而不是只會出現在夢中。不知不覺，來到了學校操場的一棵樹下，這裡位於角落，鮮少會有人經過，而同時也是上次國偉老師說服我參加比賽的地方。

「我的畫……」看著圖畫紙上那模糊的痕跡，完全看不出來原本的樣子，不爭氣的眼淚就這樣流了下來，像水龍頭一樣流個不停。

「沒辦法參加比賽、沒有得獎都沒關係，可是……把人家的心血這樣糟蹋，真的太過分了……可是現在又能怎樣，畫都已經被毀成這樣了……」我的腦中不斷出現類似的話語，但怎麼樣都無法彌補心裡的傷痛。不曉得過了多久，我只知道自己一直在哭，恨不得把魏家宇那個王八蛋大卸八塊。

「安琪。」一隻溫暖的手放到我的背上。

我轉頭看著他，卻沉默不語，面無表情。

國偉老師看到我腳邊那幅模糊的畫，就明白發生什麼事了。

「是誰做的？」他問。

我依舊沒有任何反應，只是靜靜的掉眼淚，哭個不停。

「安琪，告訴我是誰做的？」國偉老師再問一次。

我哭了好一會兒，才默默的回答：「是一個鄰居小男生。」

「妳還好嗎？」國偉老師關心的問。

「我覺得我是一個沒有用的人，連自己最珍惜的東西都保護不了，我根本沒有資格參加比賽，或是繼續留在這個學校。」我喪氣的表示。

國偉老師強硬的比劃說：「陳安琪，妳給我振作起來！畫沒了，再畫一張更好的不就好了嗎？妳這樣亂跑，妳都不知道妳爸媽和老師們有多麼擔心妳呀？」

「我不知道啦！我現在只知道我快要難過死了，還能怎樣！」我任性的從大樹後面跑了出來。沒想到，出來後卻看到爸媽都站在我面前。

媽媽走向我面前蹲了下來：「安琪，什麼都別說，我們回家吧！」

11.
墮落天使

「安琪，妳……今天還是不去上課嗎？」媽媽打開房門，走進來關心的問。

「嗯！」第十天，我不去上課的第十天。

默默的回應完媽媽後，我便繼續低頭發呆，腦子空空的，什麼都不想要去想了。

這時，換爸爸走到我身邊，他先是大大的吸了一口氣，接著說：「安琪呀！畫被破壞了，再畫一張就好了，沒有必要把自己搞成這樣一蹶不振呀！」

「嗯！」我冷漠的回應，低頭摳著指甲。

不曉得從什麼時候開始，我養成了亂摳指甲的習慣，一直抓一直抓，直到破皮流血爲止。

「安琪，妳還要這樣多久？這樣爸媽會很擔心的，妳知道嗎？原諒他吧！」媽媽憂心的說。

沉默不語，是我現在最貼切的代名詞，無論誰對我說了什麼，都無法撫平我內心裡的傷口。這個冬天很冷，每天幾乎都是看不見太陽的日子，就如同我的心

情一樣昏暗。繞了一大圈之後，我還是回到了那個陰沉的陳安琪，即使想要努力變堅強，讓生活更加多采多姿的希望也總是破滅。

「誰要原諒那個大混蛋，他可以把我的畫還給我嗎？」我在心裡想著。

想著想著，眼淚又不由自主的流了下來。

「一切都因爲我是個聽不見的人……如果我不用戴那好笑的助聽器，魏家宇也不會這樣欺負我。」我摸摸耳朵，想起從前聽人家說過，難過的時候、受到驚嚇的時候摸耳朵就可以平息情緒。只是，這項權利有提供給聽障者嗎？我想，答案應該是否定的吧！

「憑什麼這樣對我！」我在心中吶喊著。這陣子我不想畫畫、不想說話、不想吃飯，就連寫信跟美美說這件事都不想，雖然知道她肯定會爲我抱不平的，但只要再說一次，心又會再痛一次。

回想起前幾天，魏家宇的媽媽帶著他來登門道歉，雖然他表面上向我說對不起，但感覺沒有絲毫悔改的心意。

「家宇，快點道歉呀！」魏媽媽用力的拍打魏家宇的肩膀。

魏家宇心不甘情不願的看著我說：「陳安琪，對不起。」

「安琪，真的很抱歉，我們家宇不懂事，才會毀掉妳那麼重要的東西，我回家會好好教訓他的。我知道現在道歉已經來不及了，但是……」魏媽媽再次對我致歉一次。我不給他們把話說完的機會，完全不理會那些無謂的歉意，轉身便走回房間。

眼角餘光似乎告訴我，媽媽把他們趕出家門，叫他們不要再來了。

當天夜裡，又是一個失眠的夜晚，我悄悄的走下樓，想倒杯溫開水來喝，卻看見廚房裡的燈是亮的。

爸媽在吵架，兩個人的雙唇不停上下觸碰，雙手還不時的擺動。我站在門後面偷「看」著，我好想知道他們是爲了什麼而起爭執，這時我瞥見媽媽手上拿著

一張某某精神科醫生的介紹。

「所以……現在在爸媽的眼中，我和一個神經病沒有兩樣。」此時，爸爸剛好轉過頭，看到站在後面的我，似乎嚇了一大跳。

「嗯……安琪，這麼晚了還不睡嗎？要不要喝點熱牛奶？」雖然爸爸假裝鎮定，但不協調的肢體卻更是顯現出他的慌張。

我沒有回答，只是緩緩的轉身，默默的走回房間。

這十天內，我沒有一天能安然入睡，總要翻來覆去好久才會睡著，卻又在天還沒亮的時候醒過來。

「爲什麼我連畫畫的動力都沒有呢？」我強迫自己坐在書桌前，拿起蠟筆畫圖，可是腦袋好混亂，一點想法都沒有，就連先前那種壞心情陰暗的感覺也完全畫不出來。

我氣憤的把蠟筆丟向牆壁，將桌上的東西全部揮到地板上，跌坐在床上，開始大哭，如果連畫畫都背叛我的話，那我的生活還有什麼意義？

聽到我的哭聲，爸媽立刻從隔壁房間跑過來：「安琪怎麼了？是不是作惡夢了？」

爸爸看了一地的東西，便馬上抓住媽媽即將開始問東問西的手，對我說：「傻孩子，有什麼事情可以跟爸爸媽媽講呀！何必自己生悶氣呢？」

「我也想說呀！可是手語再怎麼表達也永遠沒辦法像說話那樣表現出最真實的感受，我還能怎麼辦？更何況……你們已經把我當成神經病在看待了……」這些話放在心裡，我並沒有說出來。

海倫凱勒曾經說過：「視覺障礙阻擋了人與事物間的連接，但聽覺障礙卻阻擋了人與人之間的連接。」直到現在，我終於能真真切切的體會這句話的涵義。

該怎麼解釋，才可以讓爸媽理解我不是不想畫畫，而是真的畫不出來，這種煩悶浮躁，感覺全世界都棄你於不顧的感覺，他們也有過嗎？

所以，我依舊沉默不做任何反應。

「唉……趕快睡覺吧！正常小朋友現在應該早就睡了！這樣對身體不好！安

琪。」媽媽催促著提醒我。

「對呀……我從頭到尾都不是一個『正常』小孩，要怎麼才能像個『正常』的孩子呢？因爲我是個神經病，有問題的小孩。」看到媽媽這麼說，心頭不禁震了一下，萌生出墮落的想法。

爸爸走到我的身旁，輕輕的摸摸我的頭說：「小天使，乖乖早點休息，爸比期待再次看到笑容滿面的安琪。」

說完，爸媽就離開我房間了。關上房門時，我看見他們萬般不捨的表情覺得很難過，好想大聲說出「我會加油」，卻又想到他們會這樣子關心我，也許只是因爲我是個「有毛病」的孩子。什麼天使，不敢相信我曾經和這樣美好的事物畫上等號。

我走到窗前打開窗戶，讓冷冽的寒風吹進來，黑暗的天空中唯獨一顆星星特別的閃亮耀眼。

於是，我對著那顆星星說：「雖然早就知道，媽媽是爲了使自己的女兒過得

開心點，才編了這樣一個故事來哄我。可是小星星，我真的好希望這個故事是真的，我也好想當一個善良可愛能帶給大家歡樂的小天使。但事實證明，到最後我不僅不是天使，反而被當成神經病來看，父母的愛，一瞬間都變成了同情。」

「小星星，你能夠了解這樣的感覺嗎？」想著想著，我的眼淚從悲憤漸漸轉爲自怨自艾。

關上窗戶，我縮在房間的角落，此時此刻，這裡變成最安全的地方，只有把自己縮成一團，才覺得不會被侵犯，這也是一種自我保衛的方式。

果然不出所料，隔天媽媽在爸爸出門後，硬是拖著我出門，說是去給一位精神科的權威，要排隊排很久的女醫生看病。她一手拉著我的手腕，另一手托著背上的安好，搭公車再走路到那間小醫院。

「最近心裡很『鬱卒』，有苦說不出嗎？」

「您是否覺得您和身邊的人總是合不來，卻沒有一個人了解您心裡真正的感受呢？」

「如果覺得被全世界遺棄，別擔心，我們還有黃麗華醫師。」

看著醫院的廣告標語，越看越覺得自己真的是個神經病，真想立刻逃離這個地方。但一看到媽媽擔憂的神情，我還是硬著頭皮等下去。

終於，護士朝我們揮揮手，示意我們可以進去了。

這個「病房」有別於一般的醫院，裝潢不是白色天花板白色牆壁，牆壁上貼著可愛的碎花壁紙，襯著溫暖的米白色天花板。「病房」中間，放著兩張舒適的雙人沙發，面對面，中間隔著一張長型木桌，桌上還放著三杯熱騰騰的茶。

「這裡真的是醫院嗎？」由於「病房」內的擺設和外面實在是相差太多了，讓我一時無法將心情調整過來。

「妳就是安琪對吧！」黃醫師才剛和我問候完，安好突然開始大哭，好像是在告訴我：「姊姊我也討厭這個人。」

黃醫師身材瘦小，紮著一條馬尾，戴著一副黑框眼鏡，身上穿著白色的醫生長袍，怎麼看都和她這個人不搭，而且她的眼神帶給人一種銳利的感覺，看得我

渾身不自在。

媽媽不得不將安妤帶出去哄，於是就留下我和黃醫師在房間裡。與其說這是看醫生的病房，倒不如說這是有錢人的居家客廳。

黃醫師在我對面的沙發上坐下，微笑的看著我：「現在的醫生很辛苦，不僅要會講話，還要學手語呢！」

看到我的表情不太對勁，她立刻轉移話題說：「哎呀！我不是這個意思啦！妳的情況，妳的媽媽已經大致上和我說過了，安琪，怎麼會不想畫畫了呢？」

「妳一定很痛恨那個把妳的畫撕爛的人吧？」她又問。

我下意識翻了個白眼，心想：「哼！才不是被撕壞，是被丟到水池裡，根本就沒有把心放在病患身上！」

「爲什麼不畫畫？」她鍥而不捨的再追問。

「不爲什麼。」我回答的簡潔有力。

「很好，我喜歡這個答案。」看著黃醫師那一副嘴臉，真想拿起身邊的抱枕

朝她的頭丟過去。

黃醫師似乎也看出我的不悅，不過她仍舊面不改色的問道：「安琪，對妳來說生命中最重要的事情是什麼？」

「畫畫。」我誠實的說出了答案。

「閱讀是我生命中最重要的事，但是有一陣子我也很迷惘，那時無論我怎麼找也無法找回那種想要閱讀的感覺，妳的感覺是不是這樣呢？」黃醫師用肯定的眼神問我。

我先是低下頭，然後再默默的點頭。

這時，媽媽抱著安好走進來，看著我沒有血色的面容，她便問道：「我錯過了什麼嗎？」

黃醫師故意和媽媽用手語溝通：「陳太太，我想安琪已經進了一大步囉！妳不用那麼擔心了，下個星期再帶她過來吧！」

「啊！是是是，謝謝醫生。」說完，媽媽便牽起我的手，不停向黃醫師點頭

道謝。

「安琪，告訴媽媽，醫生對妳說了些什麼呀？那麼神祕！」回到家後，媽媽不停的詢問我看診的過程。

我很想對媽媽說，黃醫師和我說的話根本不超過五句，最後還講了那不明不白的話，即使她知道我的感受又能代表什麼？去見了黃醫師，對我來說一點幫助也沒有，反而使人更加困惑。

「不知道。」淡淡的回應媽媽後，我便回到房間。

「喜歡待在角落，是不是有自閉症？」我依然縮在牆角，反覆的問自己這個問題。

莫名其妙的一天，感覺自己似乎真的被當成神經病審問。

黃醫師那種咄咄逼人的問話方式，是真的讓人承受不太住，而且打從第一眼看到她，我就不是很喜歡這個人。不過，話說回來，她能夠猜出我心裡部分的感受，還算滿厲害的。

這時，我感覺身後的房門被用力打開，牆上的影子明顯在晃動。

爸爸怒氣沖沖的走進房間，拉起我的手說：「安琪，媽媽今天帶妳去了什麼地方？」

看到爸爸面目猙獰的樣子，想必他一定是氣炸了。昨晚媽媽一定有和他提過黃醫師的事，他反對我去看精神科，但媽媽不顧他的想法，硬是把我帶去醫院。

「爸……我……」還來不及解釋，爸爸就繼續說：「妳幹嘛和媽媽去那種地方，那些醫生講難聽一點都是騙人的，難道妳真的覺得那女的可以幫助妳嗎？」

我搖搖頭，然後開始大哭：「都是因爲我，才讓這個家過得這麼辛苦！」

「我沒有辦法當一個帶給大家歡笑的小天使，一天到晚只會找麻煩，讓你擔心，還害你和媽媽吵架！要是我聽得見，就可以自己照顧自己，我……」爸爸示意要我別再說下去了，他什麼也沒說，只是靜靜的陪在我身邊，安慰著我，替我擦眼淚。

「對我們來說，妳一直都是那個可愛的小天使，是我們心目中最棒最好的天

使。」爸爸微笑的說。

我別過頭，把眼淚擦乾。

「爸，別再騙我了，我知道我的出生，對你們來說，永遠都是一個負擔！」說完，我便冷冷的告訴爸爸我想要休息了，他也沒再說什麼，便離開我的房間。

今晚的夜色特別沉重，月亮似乎也看穿我的心事灰灰濛濛的，天空上一顆星星也沒有。

「美美、江老師、王老師、國偉老師，對不起，陳安琪還是讓你們失望了，對你們來說，我是不是也是個麻煩呢？」我喪氣的想著。

這時候，國偉老師爲我加油打氣的臉龐突然出現在我腦海中，但現在回想起來，他那時的鼓勵，要讓我吸收進去，一定也是一種負擔吧！

不，我是一個「墮落天使」，一個不會帶給人希望的天使。

「老天爺，如果可以，希望下輩子我能夠變成真正的天使，而不是一個『假天使』。」我認真的對上天祈禱。

12. 媽媽的眼淚

「陳太太，安琪她……還是不願意來上學嗎？」江老師擔心的在電話裡問。

媽媽先是嘆了好長一口氣，然後說：「能說的都說了，能做的也都做了，可是無論我們怎麼努力，安琪還是走不出來。」

「這樣呀……您可以代替我告訴她，說班上的同學和學校的老師們都很想念她，也都很喜歡她的畫。那張被打九十五分的作品，依舊常常被來學校觀摩的客人們稱讚呢！如果跟她講這些，她會不會再重拾自信呢？」江老師說。

「現在，我也不曉得該怎麼做才能幫到那孩子，她一直認爲是因爲聽障者的身分帶給大家困擾，一天比一天更消沉……」媽媽無力的表示。

江老師沉默了好久，才說：「那您，有使用最差的方法了嗎？」

「當然有呀！但是那個黃醫師似乎沒有帶給安琪太大的幫助，爲此我還跟我先生大吵了一架呢！」媽媽回答。

「我看過很多聽障的小朋友，常常會因爲周遭人的一句話而信心大失，認爲自己沒有存在的必要，只會帶給人家麻煩而已。」

江老師吞了一口口水，然後繼續說：「鄰居男孩那個事件，對安琪來說真的是一個很大的傷害，所以我們也不能全部都怪她，現在最重要的是想辦法讓她再找回自己。」

「老師真是不好意思，讓妳一天到晚打電話到我們家問候，我這個做媽媽的真是太不盡責了……」媽媽自責的說。

「陳太太千萬別這麼說，讓安琪重拾笑容是每個關心她的人的責任，我打算今天帶林國偉老師一起到府上探望安琪，請問您今天方便嗎？」江老師問。

媽媽激動的回答：「當然可以啊！安琪看到你們一定會很開心的。」

「好的，那我們今天下午下課就過去看看安琪！」

「陳太太您也不要想太多，多多關心安琪就是了。」江老師說完後便掛上電話。

講完電話，媽媽無力的跌坐在沙發上，看著身旁剛出生不久的女兒安好，四肢健全、身體健康，心裡更加爲安琪心疼。

「我這個媽媽做得真是失敗。」媽媽傷心的閉上眼睛。

想起發現安琪聽力有問題時，是在某年職棒大聯盟的總決賽。

「全壘打！紅不讓！」一支再見安打，讓全場的觀眾熱血沸騰，此時鞭炮聲響起，歡呼聲大到連幾里外都聽得見。

「安琪妳看，是全壘打唷！我們贏了耶！」

「拍拍手拍拍手，ＹＡ！」此時，媽媽察覺到，安琪對場內的歡呼聲，還有她在安琪身邊講話，她似乎都沒有什麼特別的反應。

之後，又從許多生活細節觀察出安琪的聽力功能不太對勁。好比說，電視上的聲音、蟲鳴鳥叫的聲音，甚至連叫她也沒有發覺。

發現事態的嚴重性後，爸爸和媽媽趕緊帶安琪到醫院檢查，醫生說是先天性的聽覺障礙，以後要帶助聽器才可以聽見些微的聲音。

「你們怎麼會到現在才發現呢？」醫生指責的對安琪爸媽說。

「我們……」媽媽完全說不出話來，只是難過得拚命掉眼淚。

「要是能在一出生就檢查到，說不定還有解決之道呀！」醫生惋惜的說。

爸爸不放棄的問：「真的沒有其他方法了嗎？」

醫生無奈的回答：「只能靠助聽器讓她聽到些微的聲音了……很抱歉，我無能爲力。」

得知這個消息後的陳氏夫婦大受打擊，一個漂漂亮亮前途一片光明的女兒，竟然得了這種治不好的病，夫妻倆除了自責之外，便達成共識，一起編一個能讓女兒長大可以接受自己身體殘缺的故事。

「那孩子，是那麼努力的在學說話。」媽媽想起五歲多的安琪，每天辛苦的和家教老師一起學說話的情景。

「說『媽媽』，來唸一次。」家教老師耐心的教導著安琪。

「媽……馬。」

「很好，很接近了。再說一次，『媽媽』。」老師將安琪的手放在自己的嘴唇上，感受發聲的方式。

「媽媽。」這一聲，安琪是看著媽媽說出來的，隨後她又正確的叫出了爸爸。這是她第一次叫了爸爸媽媽，他們是有多麼的感動呀！

到了六七歲時，收到了一份生日禮物，彩色蠟筆一盒，自此開啓了安琪對繪畫的熱誠。

「我們的女兒以後說不定會成爲一個大畫家唷！」爸爸在看到安琪認真畫畫的時候，開心的對妻子說。

「對呀！我也這麼覺得呢！」媽媽愉快的靠在爸爸的肩膀上。

成長的往事一幕幕從眼前掠過，媽媽不禁感到一陣鼻酸。

而安琪也一直很懂事乖巧，不會隨便無理取鬧，一家人就這樣簡簡單單的過了好幾年平靜的生活，直到安琪開始在特殊學校就學之後，接觸了外面的世界，受到的委屈也一天比一天多。

「好不容易走到了這天，爲什麼老天爺要對這個孩子這麼的不公平呢？」媽媽想著想著終於痛哭失聲。

12 媽媽的眼淚

這一幕，恰巧被剛起床下樓的安琪看見了。

「媽，妳怎麼在哭啊……」安琪小心翼翼的問。

媽媽趕緊擦擦眼淚說：「沒事沒事，剛剛在打哈欠，妳餓了吧！媽媽去弄個東西給妳吃唷！」

說完，媽媽便起身快步的到廚房去了。

留下不知所措又目瞪口呆的安琪。

「媽媽爲什麼哭了……要告訴爸爸嗎？」我擔心的看著媽媽的背影。

從小到大，印象中的媽媽總是笑臉迎人，雖然有時會生氣，但也很快氣消，我從來沒有看過她這麼落寞的表情。

「安琪快來吃吧！安好好像也餓了耶！妳看她已經開始蠢蠢欲動。」

「安好乖乖，媽媽馬上泡ㄋㄟㄋㄟ給妳喝！」媽媽一連串表達了一大堆話，讓我覺得非常的不自然。

媽媽抱著安好坐在客廳的沙發上，雙眼依舊紅腫，實在讓人很難相信是因爲在打哈欠造成的。

「對了安琪，今天下午江老師和國偉老師會來家裡看妳唷！」媽媽餵完安好牛奶後，走到我對面的座位坐下來對我說。

我知道以後嚇了一跳：「他們來做什麼？」

「傻瓜，妳那麼久沒到學校去了，老師總要來關心關心妳吧！」媽媽不以爲意的說。

「國偉老師……」自從那天他在學校操場找到我後，我們就再也沒有見到面了，我根本還沒做好心理準備面對他。

「快去梳洗一下吧！妳最近都邋裡邋遢的。」媽媽提醒我趕快去整理儀容。

隨著時間一點一滴的過去，我越來越緊張，恨不得馬上鑽個洞跳進去，逃離這一切，自私的不要面對所有的人。

等待的時候總是特別難熬，我坐也不是、站也不是。吃過午飯後，我決定一個人到外頭走走，重整一下情緒。

12 媽媽的眼淚

「唉……如果今天我可以聽得見聲音那該有多好，從以前就好想知道麻雀的叫聲是什麼樣子。」看著許多麻雀在電線桿上，我閉上眼睛，揣摩牠們的叫聲。

「應該是很尖銳、很清澈吧！」我想。

當我睜開眼睛，看見魏媽媽站在我的面前，手裡提著菜籃。

「嗨！安琪。」魏媽媽禮貌的和我打招呼。

「嗨！」我回應。

然後，我們在公車站的椅子上坐下來。

魏媽媽之所以會手語，是因爲以前她也在特殊學校當老師過，真不知道她那麼善良，爲什麼她的孩子卻那麼不懂事。

「安琪，真的很抱歉，我知道再說什麼都於事無補了，但是我還是要跟妳道歉。」魏媽媽誠心誠意的對我說。

「阿姨，不要這樣，錯的又不是妳，是魏家宇，怎麼會是妳在道歉呢？」動作才比到一半，我馬上就後悔了。

不過，魏媽媽也沒說什麼，她嘆了一口氣後，又對我說：「家宇他，從小沒有爸爸陪在身邊，我又長時間忽略他的成長過程，導致他的行爲偏差，我也要負起一半的責任。」

我看著魏媽媽的眼睛中有淚光在閃爍，那一瞬間，總算明白媽媽爲何今天早上會掉眼淚。

「是我，果然是我……害媽媽這麼難過的。」魏媽媽的一席話，點醒了我。

「媽媽就是因爲看見我跌落谷底，卻又無能爲力，才會這麼傷心。」我總算恍然大悟，和魏媽媽匆匆道別之後便趕快回家去。

不敢相信，江老師、國偉老師兩人就坐在我家客廳的沙發上。

「安琪，好久不見囉！」國偉老師熱情的看著我，似乎之前的事情從來沒發生過，讓我有點不知所措。

「吼！安琪都不知道，大家都很想念妳耶！」江老師也在一旁附和著。

我尷尬的回應：「我……很好啦！不要擔心。」

媽媽把茶端過來，禮貌的對老師們點頭：「熱茶來囉！小心燙！」

「陳太太，您就別忙了，過來和我們一起聊天呀！」江老師連忙催促著。

於是，我們四個就這樣面對面的開始聊天，內容無非就是一些學校近來發生的事情，大家都小心翼翼不要去談論到比賽跟那張畫的事。

不過，不久後，江老師還是問我：「安琪，什麼時候可以回學校上課呢？」

還來不及回答，國偉老師又立刻說：「妳看妳，那麼多人在關心妳，實在沒必要因爲那些奇奇怪怪的事情鬧得不愉快是吧！」

國偉老師輕鬆的言詞和怪異的手語，讓大家原本緊張的氣氛都鬆懈下來了。

「我……下個星期就回學校去。」

才剛表示完，國偉老師馬上站起來拍手：「太好了！」

「是我看走眼嗎？剛剛國偉老師是不是在說話？」我納悶的看著他，但再看媽媽和江老師，似乎都沒有注意到，也不覺得奇怪。

倒是國偉老師，卻變得比較安靜，沒有再表露出其他意見了。

「安琪，妳能夠想開回到學校來，我們都很高興。關於畫不出畫的事情不要擔心，我和王老師都會幫助妳的，要乖唷！」江老師臨走前在門口叮嚀著我。

「嗯！我知道了。」我向江老師承諾一定會去學校，不要賴。

江老師笑了笑，然後便看了看國偉老師後，再對我表示：「國偉老師應該有祕密想要告訴妳，但我相信現在的安琪知道了什麼都不會太驚訝的。」

說完，江老師就先離開，留下國偉老師和我在院子裡。

國偉老師深呼吸了好大的一口氣，然後心事重重的看著我：「安琪，有件事我一定要跟妳說。」

「好。」我應該知道他想說的是什麼。

「我騙了妳，我並不是一位聽障者。」他慚愧的低下頭來。

我拍拍他的肩膀，接著說：「我早就已經知道了！」

13.
好朋友就是要「說」出來

「妳是怎麼發現的？」國偉老師訝異的問。

「看你那笨拙的手語，一看就知道啦！」我裝作若無其事的回答。

看國偉老師沒反應，我又繼續表示：「其實之前有好幾次你在跟我『溝通』的時候，每次看到那奇怪不太正確的手語，多多少少會覺得你不是聽障者，不過當時的我也沒想那麼多就是了。」

「那時候，看見妳一個女孩子，年紀還那麼小就要承受這樣的壓力，覺得很不忍心，所以我就想說『變成』和妳一樣的人，就會比較好和妳親近。」國偉老師默默的解釋。

「嗯！」我點點頭。

然後，他又說：「這件事江老師和王老師一開始都非常反對，不過我還是執意要這麼做，理由很簡單，要讓陳安琪感覺到自己的存在。妳這次發生這麼嚴重的事，我卻沒幫上忙，感覺我做的事真是事倍功半。」

「老師別這樣說啦！我一直都很喜歡聽你講道理，上你的課呀！」我下意識努力的安慰國偉老師，希望他心情不要那麼差。

「昨天，江老師告訴我，要趁早跟妳說這件事，害我昨天晚上緊張到一整晚都睡不著耶！」國偉老師有點半開玩笑的邊說邊表示。

我除了發出「嗯」的聲音和頻頻點頭外，也不知道該如何來回應他的話。

不過，值得慶幸的是，他沒有在我情緒最糟糕的時候說出真相，否則我應該是承受不住的。

「安琪，對不起，真的不應該欺騙妳的。」國偉老師無力的跌坐在庭院的草皮上。

我聳聳肩，然後笑笑的表示：「沒有關係啦！老師也是出於一片好心吧！而且，現在我已經沒事了。」

國偉老師由原本愁眉苦臉的樣子轉爲笑靨全開：「拜託，現在輪到妳這個小孩子來開導我了勒！」

「當然囉！以後請叫我陳安琪老師。」

然後我們就不顧一切的開始大笑，我看見媽媽在房子裡從落地窗看著我們兩個，眼角似乎還泛著淚光。

「媽咪，對不起。」我在心裡默默的想道。

笑了好久，喘了好大一口氣後，我便表示：「其實我會突然想通，這都要感謝兩位媽媽。」

於是，我就將早上發現媽媽在掉眼淚，後來又遇到魏媽媽的事情告訴了國偉老師。

「所以說，母愛真的很偉大。」國偉老師認同的說。

「妳看看妳媽咪，把妳撫養長大，現在又有一個小小孩要天天照料，她平常當家庭主婦又要養育妳們，真的是非常辛苦。」國偉老師義正詞嚴的表示。

我嘟著嘴，接著回答：「我也是個很孝順的女兒好嗎！」

「知道了知道了，打勾勾，下星期一定要回學校上課唷！」國偉老師伸出手要和我約定。

「一言爲定。」蓋印章，承諾過的事不耍賴。

回到學校的第一天，馬上就被周遭的同學們圍繞住，大家紛紛過來關心我的近況，還有人以爲我出車禍、生重病、住院才沒來上課，這個電視劇看太多又異想天開的人，當然就是紀翔。

「陳安琪，妳不知道我還想帶水果去醫院看妳耶！」紀翔正經八百的表示。

「你是頭腦有問題嗎？我根本就沒住院，你水果是要買到哪裡去？」我翻了翻白眼無奈的說。

人間處處有溫情，其實這個世界並不是我所想的那麼殘酷嘛！

現在只希望，我能夠快一點找回畫畫的感覺。

「喔！安琪，妳終於回來了。」

王老師一看到我便給我一個大大的擁抱。

我尷尬的拍了拍王老師的背。

「老師相信，妳一定可以找回畫畫的感覺的，現在就來試試看！」王老師示意要我坐下，然後她拿出圖畫紙和蠟筆，要我畫出目前的心情。

停頓了好久，我連要拿什麼顏色的蠟筆來表現都搞不清楚了，我無力的放下蠟筆，然後用雙手遮住整張臉。

王老師見狀後，趕緊拍拍我的肩膀：「安琪沒關係，妳只是遇到瓶頸而已，沒什麼了不起嘛！」

對於王老師不自然的安慰，我反而覺得更加煩悶了，突然腦子裡浮現了黃醫師的臉，如果照她說的要回診，那不就在明天了嗎？

「煩死了，一點靈感都沒有，到底該怎麼辦才好……」在想到那幅可惜的作品之前，我立刻抑制腦中那些不安分的因子。

「難道，真的還要去看那個精神科醫生嗎？」我不得不去思考這個問題，也許現在只剩黃醫師能夠讓我找回自己，畢竟第一個說出我心裡面感受的人也是她沒錯。

帶著五味雜陳的情緒，回到教室，想要找尋任何以前在這裡作畫的心情和動機，卻一點也感受不到那種感覺。

「如果這輩子再也不能畫畫，那我的人生還有什麼意義呢？」這句話，不停的在我心中迴響。

在告訴媽媽想要再去找黃醫師的時候，她嚇了好大一跳。

「妳要去找黃醫師，我以爲妳很討厭她勒！」媽媽驚訝的表示。

「我是不怎麼喜歡她沒錯，但總覺得現在只有她能夠幫助我了。」我無奈的回應說。

媽媽甩甩手，接著說：「只要對妳有幫助，媽咪當然會帶妳去，不過記得，千萬不要告訴爸爸喔！」

「沒問題。」我比出ＯＫ的手勢。

醫院裡人潮還是像上次一樣多人，原來有那麼多人的心都生病了，記得江老師說過，這叫「文明病」。

同樣的「病房」、同樣的人、同樣的沙發椅子，一個星期後，我陳安琪又再次的和黃醫師面對面。

「妳好呀！可愛的小姐，沒想到妳還會願意來這邊啊！」黃醫師似乎有點調侃的表示。

我心想：「這個人難道都不會說幾句比較能聽的話嗎？」

但我並沒有把心裡的感受表現出來，只是簡單的直接了當的問醫師：「要怎樣才可以讓我再次拿起畫筆畫畫？」

「怎麼?妳還沒有成功呀？」黃醫師冷冷的問。

雖然早就已經聽說這個黃醫師會使用「激將法」來逼迫病人說話，但我如果手上現在有一根棒子，肯定會朝她的頭打過去。

我轉過頭看身旁的媽媽，似乎也和我一樣氣憤。

媽媽在我說話之前問黃醫師：「醫生，今天我們到這裡，是有問題有困難才

來的，不是來聽妳教訓的。如果要人家教誨怎麼不去學校，來醫院做什麼呢？」

看見媽媽的情緒起伏，黃醫師並沒有太大的反應。

黃醫師只是看著我說：「安琪，我想妳心裡一定被什麼不知名的東西壓抑住了，才讓妳被困在裡面，找出原因將它釋放出來就好了！」

「她到底是在說什麼？」我和媽媽以眼神交會，問了對方同樣的問題。

「回去找找是什麼東西控制住妳的情緒，很快的妳就可以再畫畫了！」黃醫師說完就示意對旁邊的護士說：「下一位。」

在走出醫院後，媽媽不斷的咒罵黃醫師：「這個女的到底有什麼了不起呀？花錢是要請她幫助我們，講一大堆傷人的話，最後又說了一句不明不白的話，真不知道江老師介紹這個醫師給我們有什麼用？」

「好啦！媽咪不要生氣了。」我撒嬌的捏捏媽媽的手。

媽媽溫柔的摸摸我的頭：「走吧！我們去買巧克力麵包。」

回到家後，我仍然不停思索黃醫師說過的話，我之所以不能夠畫畫，難道真

的是被什麼妖魔鬼怪控制住嗎？

「不過，感覺她的話裡面藏了很多祕密，就是覺得她一定知道我爲什麼不能畫畫的原因。」

亂七八糟的思緒，持續在腦中發酵著。

想著想著，睡意漸漸佔據了腦袋，我便帶著混沌的心情入睡。

隔天早上，一進教室就看到國偉老師笑嘻嘻的臉。

「安琪，能再次在學校看見妳，真是令人開心耶！」國偉老師表示。

自從知道了他是可以聽得見的人以後，每次見面他都會露出牙齒高興的笑，真是個有趣的人。

「老師早啊！」

我走到位子上放下書包，然後便和國偉老師一起打掃教室。

「奇怪了，今天值日生不是我和紀翔嗎？那個笨蛋一天到晚都只知道遲到！

」我默默的偷偷向老師抱怨。

「有什麼關係，反正我今天早上本來就要來觀摩江老師上課呀！既然我比較早到，那就和妳一起當值日生吧！」國偉老師俏皮的回應。

看到他那奇奇怪怪的手語，我又忍不住笑了出來。

「喂，真的有那麼好笑嗎？」國偉老師皺起眉頭問。

「說有多好笑，就有多好笑，呵呵呵！」我一邊回答一邊笑。

國偉老師看到我的笑容後，便對我說：「安琪啊——妳想不想知道自己的聲音是什麼樣子呢？」

說完他便從他的包包裡，拿出一支黑黑長長的東西，上面還有幾個類似收音機上的按鈕。

「這個是錄音筆，來——說一句話吧！」國偉老師將錄音筆放在我嘴巴前要我說話。

我尷尬的表示：「人家才不要勒，很怪耶！」

「會嗎?現在這裡只有我跟妳而已，再不說等一下其他同學就來囉！」國偉老師催促著我。

「什麼！不要啦！我不敢……」我依然彆扭的排斥。

「妳不說，那我來說好了。」只見他拿起錄音筆，按著一顆按鈕，隨後不曉得說了什麼話。

然後，國偉老師將錄音筆放在我的耳朵旁邊，接著我就聽到一陣微弱的聲音：「陳安琪和林國偉是好朋友喔！」

瞬間，內心的某一部份深深的悸動，這是我第一次聽見家人以外的聲音。

「小姐，換妳囉！」國偉老師鼓勵著我說話。

但我還是一語不發。

「安琪，海倫凱勒會不會說話？」

「她不僅會讀書寫字，還會說話唷！甚至還辦了演講鼓勵其他身心障礙的人耶！我知道這要有勇氣，但妳如果不跨過去，永遠都不會成功的，況且我並不會

笑妳的。」國偉老師不停的鼓勵著我要踏出這一步。

「我試試看。」

我將錄音筆拿到嘴巴前，然後試著說出「林國偉和陳安琪是好朋友」這句話。自然而然的說出來，沒有特別去管講得正不正確。

「黎國偉函陳安起是好碰有。」當這

句不清不楚的話迴響在我耳邊時，我的第一個反應不是大笑，而是流下了感動的眼淚。

「原來這就是安琪的聲音，屬於我陳安琪的聲音，我會說話，只是說得不清楚而已。」

「老師，謝謝你。」我含著眼淚表示。

「別這麼說，我們是好朋友，對吧！」國偉老師微笑回應著。

14.
別忘了，妳還有一雙雪亮的眼睛！

沉靜了兩三天之後，我在一個週末的夜晚，再次拿起畫筆作畫。

「陳安琪，加油！」我深呼吸，閉上眼睛對自己說。

不知不覺，原本空白單純的一張圖畫紙，出現了兩個可愛的小天使在蔚藍天空中翱翔的畫面。

他們的翅膀潔白厚實，頭髮捲捲的，宛如希臘神話裡的愛神邱比特，兩個人一邊飛翔一邊嬉戲，好不快樂。

「終於……終於找回這種感覺了。」看著這幅生動的作品，我興奮的對自己說。

興高采烈的我，立刻跑下樓把畫拿給爸爸媽媽和安好看。

「真是太好了，我們的小天使又回來了！」爸爸欣慰的表示。

媽媽則是靜靜的在旁邊微笑，眼角似乎還泛著淚光。

「原來，我那麼的渴望說話，卻又不敢講，因爲害怕被看不起、被嘲笑。」

「黃醫師說的『找出那個壓抑妳的東西』所指的應該就是『說話』了吧！」

我突然靈光一閃，了解了所有事情的根源。

爸爸像個孩子一樣開心的手足舞蹈說：「安琪，看來要好好慶祝妳又有機會成爲大畫家囉！」

「好呀！好呀！那我要草莓蛋糕加可樂。」我撒嬌的對爸爸說。

「那有什麼問題！」爸爸拍拍胸脯的保證。

我的一句話，爸爸果真就到了蛋糕店買了好大一個草莓蛋糕，上面還插著一個問號蠟燭。

「爲什麼要選問號呀？」我納悶的問爸爸。

「雖然說，問號蠟燭多半是慶生的時候，不想讓其他人知道自己的歲數，但我卻認爲，也可以拿來當做慶祝別人無法理解的事情。」爸爸說得頭頭是道。

「這是哪門子的歪理呀！」媽媽馬上吐槽他。

「不跟妳說了。來，安琪，最大顆的草莓給妳喔！」爸爸貼心的挑出一顆又紅又大的草莓放在我的盤子上。

甜甜的滋味不僅甜在口中，同時也甜在心裡。

「能夠生長在這個家庭裡，真是幸福！」我在心裡偷偷的感謝老天爺。

總算，可以換得一夜好眠了。

失眠了將近一個月，我才明白能夠安穩的入睡真的是一種「難得」的幸福。

迷迷糊糊之中，我來到了一個晴空萬里的大草原上，雙腳踏上柔軟舒服的草皮上，自由自在的跳躍、奔跑、無拘無束。

這時，我視線掠過了對面的高山上，在山頂上似乎有個白色的影子不停的晃動。

「那是什麼呀？」我在心裡好奇的想著。

當我發現他是在朝我這個方向飛過來時，才知道他就是那個男孩，總是來得一聲不響，又無聲無息的男孩。

「你總算出現了啊！」我諷刺的問。

「妳看看，我另一邊的翅膀已經長齊囉！現在又可以穩穩的飛了。」他不理會我的冷言冷語，繼續說著。

他一說完，我赫然感覺背後出現一股溫暖的電流，彷彿有什麼強大的力量要從我的體內釋放出來。說時遲、那時快，我的背後突然出現了一對翅膀，真正天使的翅膀，潔白的羽毛、柔軟的觸感。

我驚訝的喃喃自語：「這是怎麼一回事呀！」

「走吧！」他露出燦爛的笑容，抓起我的手開始奔跑，跑到懸崖的時候，我害怕的立刻止住腳步。

「怕什麼？妳現在有翅膀，是一位天使呢！」他催促著我繼續向前。

「什麼？不要啦！好可怕唷！」看著懸崖下的河水、峭壁上的樹木石頭，景象是很美沒錯，但怎麼樣也止不住我心中的恐懼。

他再次握緊我的手，接著說：「陳安琪，妳相信我對吧！」

我用力的點點頭。

「那就對了！」說完，我們開始向前衝刺，在跳下去的那一刻，瞬間落下所形成的強大風力，在耳邊呼嘯著。

我害怕的抓著他的手臂，就在快碰到冰涼的河水時，他大聲的說：「安琪，張開妳的翅膀！」

此時，背後那股強大力量又被釋放了出來，我感覺它正踏實的拍動，於是，就這樣我飛上了蔚藍的天空。

底下的世界好美好美，河川是河川，高山是高山，春天新生的花朵，開在樹林裡，就像薄荷冰淇淋上面淋了草莓醬一樣。

一條條河水溪流，從高空望下來，就像人體中的血管一樣，有各個樞紐通往目的地，只是血管變成了白色了。

令人注目的，依舊是那些一幢幢的建築物，很難想像裡頭或許住著好幾十個人。唯有如此，才能明白人類是有多麼的渺小。

「你都不知道我有多害怕！」當我們停留在雲朵上時，我向他抱怨著。

「哈哈哈哈！」他什麼也沒說，只是一直哈哈大笑。無意間，我發現，他的耳朵上也戴著助聽器。

接著，四周的聲音開始漸漸消失，氣氛就變得十分詭異，無法用言語形容。

「原來你也是……」我怯怯的表示。

「天使。」他接著回答。

「妳是想說聽障者對吧？」他問。

我尷尬的低下頭，不做任何反應。

他繼續說：「我們是天使，妳一定要記住！」他指著我們身後的翅膀，不停的強調著。

「我怎麼以前都沒有發現，你和我竟然是一樣的！」我無法掩飾驚訝，不可置信的對他說。

「我們是天使！」他不理會我的話，還是堅持表示那句話。

當發現他也戴著助聽器的時候，我們的對話方式完全變成了手語，前後反差

大得讓人難以接受。

說著說著，他的臉離我越來越遠，最後完全被吸進黑洞中，迴蕩在心中的，還是那一句：「我們是天使。」

「到底……是什麼怪異的夢呀？」我揉揉眼睛，睡眼惺忪的爬下床，打算到樓下廚房喝點熱開水。

「喔！安琪，這麼早起唷！怎麼不再多睡一會兒呢？」媽媽在客廳沙發上餵安好喝牛奶，一看見我便放下奶瓶，用一隻手問我，還一邊打哈欠。

「睡不太著。」我回答。

「早睡早起是很好啦！不過媽咪很懷疑妳有早睡嗎？好久沒看見妳賴床了，不錯不錯！」我猜媽媽一定還在睡夢中，「手」無倫次的讓人好難懂。

我伸伸懶腰，抓起門口衣架上一件外套，然後告訴媽媽我想去庭院散散步。

一天到晚作一些奇奇怪怪的夢實在是令人吃不消。

「以前夢到那個小天使，記得都是可以聽到聲音的，但自從看到他的助聽器後，所有的聲音都在一瞬間消失，還真邪門。」想著想著不禁起了雞皮疙瘩，如果跟媽媽說我常常夢見一個相同的人，卻不認識他，她一定是不會相信的。

這個週末的早晨，冷風十分強勁，不斷的從領口吹進來，冷得我一直在顫抖著。

「好冷喔！」下意識的拉上領口，開始來來回回走動，驅趕寒意。

回想夢中和他在天空上一起飛翔的時候，看著地面下的風景，還真有種說不出來的感動。

「如果今天我看不見，那根本也別想畫畫了。」一旦產生了這個想法，內心似乎像充好電了一樣，精神飽滿。

要是看不見爸媽、看不見安好、看不見國偉老師、看不見我的房間、看不見美麗的天空、可愛的花朵，那我的生活不就更沒意義了嗎？所以，是不是應該好好利用自己仍舊擁有的東西，好好把握，盡情發揮呢？

這時候，我又有想拿起畫筆的衝動了。

無論是好是壞，畫出來的作品是優是劣，那都已經不是重點了，重點是，只要能夠開心的隨心所欲做自己想做的事，那就是一種幸福了。

「我是幸福的小天使，你說得對，我們都是天使。」我認同的在心裡呼應他的話。

於是，我衝進家裡，對著正在準備早餐的媽媽說：「媽！我想畫畫。」

媽媽被我激動的反應嚇了一跳，便回答：「想畫就去畫呀！那麼衝動是想嚇死媽媽嗎？」

當我急急忙忙的去拿蠟筆和圖畫紙時，媽媽又突然問我：「安琪，妳還需不需要去看黃醫師啊？」

「吼！媽咪妳很討厭耶！」我故意假裝跺腳生氣。

「哈哈哈！」看見媽媽的眉毛彎成了一道橋，我心中感到一陣欣慰。

我對媽媽眨了眨眼睛，就以最快的速度回到房間畫畫了。

「別忘了，妳還有一雙雪亮的眼睛！」國偉老師在聽了我的陳述之後，便說了這句話。

「從第一次見到妳的那刻起，其實就一直好想把這句話告訴妳了！」國偉老師一邊整理同學們的閱讀心得，一邊說著。

我疑惑的問：「那你爲什麼不講？」

「因爲這句話的手語太困難，我比不出來！」他露出無辜的表情看著我。

我忍不住「噗哧」的笑出來。

「哈哈哈！會笑就好啦！應該說這句話要在適當的時機說，才會發揮到它的用處。」國偉老師娓娓的表示。

「有同感。」我表示認同。

海倫凱勒，看不到又聽不見，爲什麼她仍然可以可以唸書、可以寫字，靠的一定也是一股強大的毅力在支撐她的。

前陣子所發生的那些大大小小的事情，絕大多數都是因爲對自己的自信心不足而造成的，加上又被同年齡的小朋友嘲笑，那種自我認同的感覺，就會被消磨殆盡。

「是不是覺得之前的自己很傻啊！」國偉老師說。

「對啊！」我嘆了一口氣，自從上次用錄音筆錄出聲音聽見了之後，對於說話我就越來越不畏懼，只要一有機會一定會把話「說」出來。

在只有我和國偉老師的教師辦公室裡，我可以自在的一邊比手語一邊說話，國偉老師說這樣做以後說話就會越來越清楚，他還把那支錄音筆送給我，教我如何使用。

「就想被『捆』住的鳥一養！」我說。

國偉老師糾正說：「不是『捆』，是『困』，被妳這樣一說，意思就完全不一樣了。」

「老師，你這樣是在傷害我的自信心耶！」我有點不悅的表示。

「妳看看妳，一生氣就忘記要說話只知道比手語，是誰說有機會就要好好練

習的？」國偉老師面不改色的繼續說。

「好臘，知道樂啦！」我可以感覺自己說出來的話，音偏重許多。

「嗯！不錯了不錯了，再繼續加油，還有待加強呢！」老師激勵我說。

「我看這樣好了，以後每次閱讀課下課之後，妳就到辦公室來和我一起練習說話吧！妳說好不好呀？」國偉老師興致勃勃的問。

我思考了一會兒，便回答：「好是好啦！可是我怕有其他人聽見我的聲音……」

國偉老師又說：「不用不好意思啦！不是只有妳，那個紀翔我也想找他一起來！」

「拜託不要，他一來我就別想練習了。」我表現出一副害怕的樣子。

「哈哈哈！跟妳開玩笑的啦！」國偉老師俏皮的笑了笑。

於是，我坐了下來，與老師面對面，然後語重心長的表達了好長的一段話：

「還好老天爺只奪走了我的聽覺，沒有連同視覺一起帶走，讓我還有機會好好的

欣賞這個美麗的世界。因爲看的見，才有辦法畫出一幅幅優秀的作品，才有辦法看見自己所創造出來的作品。」

「所以囉！安琪，沒有什麼事是過不去的，重要的還是妳自己的心。」國偉老師平靜的表示。

他又接下去說：「這就是所謂『山不轉路轉』、『上帝爲你關了一扇門，但卻開啓了另一扇窗』。這些道理在書本上總是常常出現，用來激勵人心，但人在面對逆境的時候，能夠真正想到這些話的人沒有幾個，一定要親身經歷了之後，才會明白其中的真理。」

我用力的點點頭，表現出肯定的樣子。

「那我要來許一個願望！」說完，我便雙手合十，閉上眼睛。

「請保佑我愛的人和愛我的人，永遠幸福快樂！」我誠心誠意的祈求著。

15.
彩色翅膀

一個學期又接近了尾聲，每個班級紛紛都在大掃除整理教室，等著放寒假過年。天氣也越來越好，散發著春天的氣息。

江老師在黑板上寫下了每位同學大掃除的區域，我負責的地方是擦窗戶和走廊上的花台清潔。

「大家務必在這個星期內把份內的工作完成唷！」江老師慎重的提醒大家。

「啥？又要大掃除？想到就煩，很累耶！」

「爲什麼我又分配到外掃區，不公平！」

「老師，爲什麼你們都不用掃？」

幾位平常比較不懂事又任性的同學，開始不停的抱怨，搞得班上氣氛亂七八糟的。不過江老師似乎不以爲意，她回答：「打掃工作本來就是同學們應該做的事，這是在每所學校都會遇到的呀！」

看著老師和那幾位同學的爭辯，覺得很想替老師來對他們說：「拜託你們可以不要再鬧了嗎？」

「江老師就是人太善良了才會這樣！」我忿忿不平的想。

「無論如何，請大家一定要記得去做掃除工作！」老師強硬的說。

不久後，那些同學也漸漸停止怨言，但還是擺出一張臭臉，讓人看了很想過去揍他們一拳。

我發覺自己變得越來越有正義感了，這對我來說真是個值得慶幸的好消息。

「好了，各位同學我們言歸正傳。這節課原本是自習，不過今天老師準備了一個特別的課程，希望大家都可以勇敢的配合我！」江老師神祕兮兮的說。

於是，她拿出一張大字報，第一行寫著大大的「春神來了」，底下又有好幾行字，搞不懂老師葫蘆裡賣的是什麼藥。

就在這時，國偉老師突然從教室前門走進來，愉快的對大家說：「哈囉！小朋友們，我又來啦！今天我要和江老師一起幫你們上課唷！」

江老師故意清清喉嚨，表示慎重：「我們言歸正傳，今天要教各位同學『唱歌』，『春神來了』是一首兒歌，很符合現在充滿春天的濃厚氣息的時節。」

　　看到老師這麼一說，大家的反應先是不敢置信，然後開始議論紛紛。

　　「老師……不要啦！我們發音一定不標準會被笑的啦……」許多同學表示不敢唱，會尷尬又怕被取笑。

　　「你們都不知道，安琪常常在放學的時候去辦公室找國偉老師練習說話呢！」江老師突如其來的話語，瞬間讓全班同學的臉都轉面向我。

　　「……那個……」我完全不知道該怎麼反應才好。

　　「對呀！你們應該也都和陳安琪一樣有勇氣對吧？」國偉老師也在一旁插話，想要說服每個人。

　　江老師見狀後，便繼續說：「我可以明白，對你們來說，『說話』、『發出聲音』一直都是一種障礙，但越是害怕的東西就越是要克服，將來才有機會成爲一個有用的人。」

　　「沒有什麼好緊張的，這裡就只有我們而已。要是遇到會笑你們的人，就鄙視這個人一點素養都沒有，也沒必要和他計較了啊！」國偉老師也努力的鼓勵全班同學。

兩位老師費盡了心思，就是想要讓我們明白，只要能跨出這一步，未來就算遇到再困難的事情，都可以用坦然的心情去面對，但又有幾個人有辦法理解他們的用心呢?我捫心自問。

「我不要，不唱就是不唱！」有兩三個女同學，突然生氣的站起來，然後快步的離開教室，嚇傻了大家。

江老師對於這樣的情況似乎一點也不意外，她接著表示：「我不會勉強你們每個人都留下來上這堂課，無法接受的人可以到教室外面走走，或是去圖書館看書，我都不會反對。」

話才剛說完，同學三三兩兩紛紛離開教室，只剩下大概十位同學還留著。

「大家都很勇敢，能夠不在意他人的眼光，是成功的第一步。」說完，江老師就在鋼琴前坐了下來。

即使我們根本聽不見什麼聲音，但江老師還是執意要彈鋼琴，然後在鋼琴旁邊放一個擴音器，讓我們聽見非常細微的鋼琴聲。

國偉老師也在一旁坐下，拿起另一支擴音器，大聲的和我們一起唱，目的就是要讓大家都能聽見他的聲音。

「老師他們，真的好努力喔！」隔壁的紀翔默默的對我表示了這句話。

「是啊！但並不是每個人都看得到。」我無奈的回應。

江老師白皙的手指，有規律的觸碰著黑白色的琴鍵，我試著努力的聆聽，感受這首歌曲的旋律。

然後，江老師在海報上的每個字下面，都加上「DO、RE、MI、FA、SO」讓我們可以自己去揣摩旋律。

「好，各位同學不要害怕，把字套上旋律，勇敢的唱出來喔！」她用力的拍手表現出她的期望。

「DO、MI、SO、DO、LA、DO、LA、SO就是『春、神、來、了、怎、知、道』，一起試試看吧！」因爲江老師的用心和鼓勵，大夥兒都鼓起勇氣，不管

三七二十一憑著感覺唱了出來。

「很好很好，就是這樣再繼續唱下去喔！」

「紀翔唱得很大聲！」

「安琪還不錯唷！」江老師顯現出感動的神情。

下課後，我們幾個同學全體起立，向江老師深深的一鞠躬，謝謝她那麼有耐心的替我們上完這節課。

「各位同學太見外了，我是老師，這是我的職責呀！」她不太好意思的對大家說。

短短的一堂課，卻接二連三的發生那麼多同學反抗，想必江老師的心裡一定很難受吧！

向老師致謝完後，我和一位女同學在校園裡散步，由於我之前太孤僻，所以一直到今天才知道她的全名，她叫「林文茹」，好詩情畫意的名字唷！她就是在前不久我受傷時，陪我到保健室的同學。

「我好喜歡江老師喔！」她說。

「我也是。」我肯定的回答。

走著走著，我們發現校園裡一棵櫻花樹已經開花了，艷麗的桃紅色花朵，開滿了整個枝頭，許多老師和家長經過，都會拿手機出來拍當作紀念，而我，當然還是決定拿起畫筆把它畫下來囉！

「春神來了怎知道，梅花黃鶯報到——」看著這棵櫻花樹，不由自主的就想起剛剛唱的歌，果然現在正是春意盎然的時候啊！

林文茹的雙唇，好像正在哼著這首歌，於是我牽起她的手，兩個人開始在校園裡蹦蹦跳跳的唱歌散步，完全不理會其他人的指指點點。

「哈哈哈哈！原來大聲的說話唱歌，是一件這麼快樂的事情。」林文茹開心的對我比劃著。

「沒錯，以後我們再一起『聊天』和『唱歌』喔！」我提議。

「當然好呀！」我們兩個打勾勾，給彼此約定。

文茹給了我一種很類似美美的感覺，要是我提早把心打開，早一點認識這個朋友，應該就會過得比較輕鬆了吧！

等到放學後，我用紅色和乳白色的水彩混合，變成了漂亮的桃紅色，當水彩筆碰到圖畫紙的那一刻，我就知道這幅畫一定會很成功。

「誰說一定要用拍的才可以留念，用畫的留下永恆的美麗也很不錯啊！」我自豪又愉悅的想著。

那棵櫻花樹給了我一個想法。

兩天後，在倒數第二堂美術課，我向王老師提議可以辦一場校園寫生比賽。

「這個提議不錯唷！」王老師撐著頭仔細思考著。

「因爲我覺得，大家每天都在學校走來走去，會忽略身邊很多美好的事物。只有在把這些景物畫下來的時候，才會有耐心好好的欣賞它們。」我向王老師清楚的表達心中的想法。

「說得真好！」

「不過要在放假前辦這樣的一個活動好像有點困難！不過安琪的出發點真的很不錯，我等等就去找校長提議！」王老師說。

「謝謝老師！」說完，我便開心的離開美術教室。

回到教室後，看見同學們正在努力的做清潔打掃，才驚覺離放假只剩下一個星期的時間了。

我抓起抹布，正要到洗手台時，被正在油漆牆壁的江老師叫住。

「安琪，有個東西要還給妳唷！」老師從背後的櫃子裡拿出了一幅畫。

原來，是剛開學的時候，那幅九十五分的作品，我完全忘記它被釘在教室公佈欄的事，現在畫上布滿了灰塵，四個角落還遺留了圖釘的痕跡。

「真是不好意思，老師的手髒髒的，沒辦法幫妳把畫上的灰塵去除。」江老師向我表示。

從老師的手中接過那幅畫，心中的感覺真的五味雜陳，看著那張小天使的臉

龐，有種感動又感慨的奇妙滋味。

「怎麼，傻瓜，不相信這是妳畫的啊？」江老師開玩笑的對我說。

「還真的不敢相信呢！」我同樣淘氣的回應。

向江老師道謝後，我便把畫收好，趕緊去做打掃工作。

我一邊擦窗戶，一邊和旁邊的文茹聊天，將剛才向王老師建議要舉辦校園寫生的事情告訴她。

「喔！好像很有趣的樣子。」文茹表現出期待的表情。

「對呀！也不一定真的要像比賽一樣，有什麼頒獎典禮或分勝負這樣，只要讓全校的每個同學都有機會欣賞到校園的美也很不錯吧！」我說。

不久後，我便看到王老師走進我們教室，來找江老師，應該就是要說關於寫生比賽的事吧！

「王老師的效率未免也太好了吧！」文茹驚訝的張大嘴巴。

我自然而然的靠到江老師的身邊，她並沒有刻意避開我，反而讓出了一個位子，好讓我們都能看到王老師說的話。

「安琪啊！校長說比賽要到下個學期才能夠舉行耶！因爲快放寒假了，辦活動比較沒有什麼可看性。」王老師遺憾的說。

「嗯……沒關係啦！反正下學期我也有機會可以參加呀！」我無可奈何的接受。

江老師看見我失望的表情後，就拍拍我的肩膀：「安琪，妳覺得班上自己辦一場小型校園寫生怎麼樣呢？」

爸媽和安好、國偉老師、王老師還有班上的每一位同學和幾位家長，全部都參加由江老師舉辦的小型校園寫生。

讓人最驚訝的是，連魏媽媽都來了，後來才知道原來江老師與魏媽媽是以前一起實習的同學，世界果然很小。

「好好不要亂動啦！不可以拉姊姊頭髮！」媽媽假裝打安好不安分的小手，雖然我聽不見，但還是可以從她的嘴形知道她大概在說什麼。

「媽咪沒差啦！她拉我頭髮不會痛。」

「啊！」

才剛說完，安妤立刻用力的拉扯我的頭髮，痛得我叫了出來。

爸爸拿著相機，捕捉精采的鏡頭，他今天充當攝影師，跑上跑下的，沒有和我們一起畫畫寫生。

我和媽媽及國偉老師選擇了我最佳的「躲藏地點」，要畫那棵保護我的茂密大樹。

「不過安琪啊！只畫這棵樹，誰知道它是種在學校？」國偉老師問。

「吼！我們知道就好了啦！」我無所謂的揮揮手表示。

自然的微風變得越來越溫暖，象徵中午即將到來，風掠過了每個人的髮絲，也吹暖了每個人的心頭。

想想這個學期所發生的風風雨雨，心情的起伏，情緒的轉折，發現自己真的成長了不少，遇到了好多生命中的貴人，讓我體會這世界上的溫情。

家人、老師、朋友，每一個都是不可或缺的，當然還包含了那個「夢裡的朋友」。

仔細想想，那個男孩，也許正是另一個我也說不定，是一直存在在心裡，那個往正向思考又樂觀的陳安琪。

「不過怎麼會是男生呢？」由於我突然翻了白眼，結果嚇到了安好，害她開始哇哇大哭。

「喔！妹妹乖乖，不哭不哭喔！」國偉老師拍拍躺在嬰兒車上的安好。

安好似乎也很喜歡國偉老師，有了他的安慰後，馬上就不哭了。

「妳看妳，把人家惹哭了啦！」國偉老師抱著開玩笑的心情責怪我。

「我又不是故意的！」我說。

看著四周的親朋好友，赫然感覺自己是全世界最幸福的人。

老天爺是很公平的，雖然他奪走的我的聽力，但也給了我一雙巧手，能夠畫出感動人心的畫作；還有給我關心我的家人朋友們，在我最無助的時候鼓勵我、

保護著我。甚至還要謝謝傷害我的人，使我得以更加成熟。

「天公伯！謝謝你！」我望著天空，不自覺的說出這句話，我感覺聲音語調都十分標準。

「安琪，妳在幹嘛？快點過來一起畫畫啦！」文茹跑過來催促著我。

「好好好，走吧！」

我再次牽起她，想到要寫信告訴美美我終於交到好朋友了。

明天是寒假的第一天，新的希望又即將降臨。

培育文化 勵志學堂系列 29

聽不見的小孩

作者　林羽穗
責任編輯　禹金華
美術編輯　蕭佩玲
封面設計　蕭佩玲

出版者　培育文化事業有限公司
信箱　yungjiuh@ms.45.hinet.net
地址　新北市汐止區大同路三段一九四號九樓之一
電話　（02）8647-3663
傳真　（02）8674-3660
劃撥帳號　18669219
CVS代理　美璟文化有限公司
TEL／(02)27239968
FAX／(02)27239668

總經銷：永續圖書有限公司
永續圖書線上購物網
www.foreverbooks.com.tw

法律顧問　方圓法律事務所　涂成樞律師
出版日期　2012年8月

國家圖書館出版品預行編目資料

聽不見的小孩 / 林羽穗著. -- 初版.
-- 新北市 : 培育文化, 民101.08
面 ;　公分. -- (勵志學堂 ; 29)
ISBN 978-986-6439-82-7(平裝)
859.6　　101010620

※為保障您的權益，每一項資料請務必確實填寫，謝謝！

姓名		性別	□男　□女
生日	年　月　日	年齡	
住宅地址	郵遞區號□□□		
行動電話		E-mail	
學歷	□國小　□國中　□高中、高職　□專科、大學以上　□其他＿＿＿		
職業	□學生　□軍　□公　□教　□工　□商　□金融業　□資訊業　□服務業　□傳播業　□出版業　□自由業　□其他＿＿＿		

謝謝您購買本書，也請您與我們一起分享讀完本書後的心得。

務必留下您的基本資料，我們將會提供您新書資料及不定期購書優惠，也歡迎您加入永續圖書線上購物網會員，並享有購書會員價等優惠，也請您繼續給予支持及鼓勵！

●請針對下列各項目為本書打分數，由高至低5～1分。

	5 4 3 2 1		5 4 3 2 1
1. 內容題材	□□□□□	2. 編排設計	□□□□□
3. 封面設計	□□□□□	4. 文字品質	□□□□□
5. 圖片品質	□□□□□	6. 裝訂印刷	□□□□□

●您購買此書的地點及店名＿＿＿＿＿＿＿＿

●您為何會購買本書？

□被文案吸引　□喜歡封面設計　□親友推薦　□喜歡作者

□網站介紹　□其他＿＿＿＿＿＿＿＿

●您認為什麼因素會影響您購買書籍的慾望？

□價格，並且合理定價是＿＿＿＿＿　□內容文字有足夠吸引力

□作者的知名度　□是否為暢銷書籍　□封面設計、插、漫畫

●請寫下您對編輯部的期望及意見：

廣 告 回 信
基隆郵局登記證
基隆廣字第200132號

221-03
新北市汐止區大同路三段194號9樓之1
FAX：（02）8647-3660
E-mail：yungjiuh@ms45.hinet.net

培育
文化事業有限公司

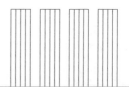

讀者專用回函

聽不見的小孩

培養文化育智心靈的好選擇